青春是
一场思想的远行

文化与经济现象微思考

赵宇辉 著

中国青年出版社

目录

作者简介 —————— 001

序（于丹） —————— 006

柯南的结局让我失望 —————— 011

到底是诸葛亮愚忠还是教授愚昧？ —————— 014

国产动漫与海外动漫的差距 —————— 017

中外电影之间的差距 —————— 020

从《短歌行》看刘馥的死因 —————— 024

残疾人教育困境与策略的分析 —————— 029

为何火的是《三国杀》 —————— 038

跋涉在"后运动员时代"的路上 —————— 042

体育产业能否成为经济中的新生力量 —————— 046

莫以金牌论英雄 —————— 050

"喜羊羊"何以能保持高涨人气 —————— 054

评书艺术寻求网络之变 —————— 058

经典剧目翻拍需更多创新 —————— 062

假日经济刷新消费指标 —————— 066

央视春晚在变革 —————— 070

官渡之战与当代商业竞争 —————— 074

诸葛亮与当代职业人从业智慧 —————— 078

真相只有一个 —————— 081

从诸葛亮出山看当代就业智慧 —————— 085

襄樊之战对现代企业管理的参透 —————— 088

由冯谖客孟尝君看毕业生零工资就业 —————— 092

三里河书摊 —————— 095

由吕蒙看从业者职场潜力 —————— 099

"职业保姆"难求家政佣工谁管 —————— 103

袁绍职业生涯得与失 —————— 107

回归本质收藏才具魅力 —————— 111

网络时代的纸媒何去何从 —————— 114

拿什么送给你,我的宝贝 —————— 118

究竟是他人的血还是自己的泪 —————— 122

我想要哪一种幸福 —————— 126

游戏产业如何突破发展瓶颈 —————— 130

端午的滋味不只是粽子 —————— 134

应对网络诈骗亟须金色盾牌 —————— 138

暑假,想说爱你不容易 —————— 142

小城市正在承载大志向 —————— 146

城市,请打造一张属于你的名片 —————— 150

汽车,城市之殇? —————— 153

迈向可持续发展的电价"阶梯" —————— 157

城市发展与城市顽疾 —————— 161

拿着"算盘"办奥运 —————— 165

网购为实体店敲"警钟" —————— 169

降价，不应成为商家的《九阴真经》 —————— 173

"Apple"并非大学核心元素 —————— 176

外企裁员：杜拉拉们何去何从 —————— 179

固定假期需倡导个性化消费 —————— 183

"金九银十"转热为稳 —————— 186

黄金周落幕，服务业仍在路上 —————— 190

当卖点仅剩"三国" —————— 194

当规定变为条例：缺陷车将驶向何方？ —————— 197

食品市场亟待升级防火墙 —————— 201

惶恐 or 幸福，薪水是谁的代言？ —————— 204

"保卫"垃圾箱应有新思路 —————— 207

凉茶除了"广告战"还能做什么 —————— 210

食品独霸广告高地，谁与争锋？ —————— 213

"英雄"迟暮，民族品牌如何浴火重生 —————— 216

如何限制机场餐饮店的"大胃口" —————— 219

网络购物需疗治消费疲劳 —————— 222

当补习变为"鸡肋" —————— 225

当高铁发起挑战，航运准备好了吗 —————— 228

戮力同心，打造爱心家园 —————— 231

倒闭潮涨，家居建材卖场如何求生 —————— 234

私家车延寿之后 —————— 237

烟花爆竹亟需新生命 —————— 240

IV

酒店告别一次性用品有多难 —————— 243

现代化农村需注入科技元素 —————— 246

网购平台亟待新补丁 —————— 249

奢侈品消费如何更理性 —————— 252

寻觅节俭与促销的黄金点 —————— 255

网络资源怎样翻开新篇章 —————— 257

标准制定岂能放弃质量和安全 —————— 260

解决"打车难"只有提价一条路吗 —————— 263

国产运动品牌为什么缺乏"耐力" —————— 266

打造主题公园应求质而不求量 —————— 269

中国快餐亟须"快"起来 —————— 272

应对问题字典事件应纠错为先 —————— 275

药品销售需严把道德、制度、法律三道关 —————— 278

聘任制公务员能否带来正能量 —————— 281

线上理财能否具有广阔空间 —————— 284

当线上免费业务被拉响红色警报 —————— 287

补贴第二季：节能、促销谁为先？ —————— 290

拼车时代来临管理不能拼凑 —————— 293

证书是敲门砖 or 遮羞布 —————— 296

微信防火墙需共同打造 —————— 299

手游发展之路需共同"修建" —————— 302

小城市也应有大消费 —————— 306

后记 —————— 309

作者简介

（一）

赵宇辉，1984 年出生。

由于自幼身患重疾，全身瘫痪，生活完全不能自理。因此，他从未走进过学校的课堂。幼年的学习完全是父母在繁忙的工作之余一字一句的讲授。及长，在家中刻苦自学，没有老师，没有共同学习的小伙伴。然而，他顽强坚持，不懈努力，克服了常人难以想象的困难，在短时间内以令人惊叹的成绩完成了常人在六年时间里才能完成的小学学业。不仅如此，他还克服了各种各样的困难，养成了很多良好的自学习惯。例如，通过观看电视播放的古代名著改编的"评书"进行复述表演，继而对古汉语产生了浓厚兴趣，开始了刻苦自学古典文学作品，包括《论语》《孟子》等儒家经典。

2004—2006 年，在陈玫、曾智安和胡正伟等老师的指导下，宇辉先后自学了语文、英语、数学以及写作等课程，文化程度得到了很大提升。特别是系统地学习了古代汉语、中国文学史后，不仅掌握了大量的文言词汇，而且有侧重地研读了《左传》《三国志》等经典著作和一些古代散文名篇，为日后的写作打下了坚实的基础。

尽管在学习的过程中常常遇到这样那样的困难，但宇辉从未向困难低头，以惊人的毅力坚持学习，甚至比普通在校的学生更为严谨、扎实。2006年暑假，基本结束了初中数学、语文、英语课程的学习后，宇辉自我加压，提出希望与当年的毕业生同步参加上述课程考试。遗憾的是，迫于身体的原因，这一场被热切渴望的验收考试未能实现，宇辉对此心有不甘。后来，被宇辉这种自强不息的精神所感动，授课老师专门为他设立了"考场"，使他最终完成了一次"真刀真枪"的考试，为"中学"阶段的学习画上了圆满而精彩的句号。

（二）

结束了最初的这一段艰难的学习征程后，宇辉对自己的未来重新树立起信心。更为重要的是，他因为了解而产生兴趣，逐渐明确了自己的学习方向与重心，如饥似渴地系统学习了现代汉语、古代汉语、中国古代文学、中国现代文学、中国当代文学、基础写作、实用文体写作、中文学科论文写作等课程，进入到了求学的新阶段。

在中国历史、中国文学等领域，他投入了极大的精力。尤其是中国古代文学这门课程，在听完老师的梳理与讲解后，他进一步地整理知识重点并加以背诵，力求扎实与效果。与此同时，他对经典作品的研读面也在不断展开。《诗经》《论语》《孟子》《左传》《战国策》作为中国文学的源头，吸引了宇辉关注的目光，对其中的名篇他不仅认真阅读，而且追求达到诵记的效果。

当然，宇辉的专业学习，不仅是态度上让人钦佩，更为重要的是他对于汉语言专业相关课程与知识的出色领悟能力。写作能力的培养是汉语言文学专业人才培养目标的重心。宇辉恰恰在这一点上显示出让人为之惊讶的专业禀赋。对于散文、诗歌等文学创作，很多在校生和专业学习人员，也多停留在品评层面。然而，宇辉在认真学习了相关的写作理论并研读了一些经典文本之后，开始尝试创作。有志者事竟成。他的多篇文章先后在报刊上公开发表。几位老师对他都赞不绝口，都为有这样一个自尊、志坚、好学的学生而感到自豪。

对于文学研究与文学评论，宇辉也表现出优秀的专业特长，通过对《三国志》《三国志通俗演义》等史料与文本的研读，他撰写《从〈短歌行〉看刘馥的死因》一文表达了自己的学术思考与观点，该文在《光明日报》发表，引起学术界的关注。

在这期间，他还先后在《成人教育》等核心期刊上围绕"残疾人教育"等问题发表文章，产生了一定的影响。

（三）

虽然身患重疾，但宇辉对生活充满信心。他的爱好十分广泛，音乐、诗歌、桌游等都是内行。他尤其喜欢体育，既是一个篮球迷，也是一个足球迷。此外，宇辉还喜欢排球、网球、乒乓球、田径、游泳以及重大体育综合运动会比赛等。宇辉不仅喜欢看体育比赛，而且善于赛事评论。在学习之余，他为新浪、体坛网等主流网络媒体和《篮球》等杂志撰写了大量的赛事述评、比赛观感、球风分析、球星评价等文章，第一时间和近距离地向读者展现了大赛风云。据不完全统计，近年来，宇辉应邀为新浪网撰写的重大体育赛事新闻、评论、战报计 208 篇；在新浪网、体坛网发表体育评论方面的博文 2033 篇，308 多万字，博客累计访问 520 万人次。宇辉的体育评论文风朴实、坦诚、犀利，所思、所想溢于言表，而且观点明确，旗帜鲜明。其个性十足的体育评论风格越来越受到广大球迷关注。

此外，1996 年至 2000 年间，宇辉还师从著名评书艺术家田连元先生学习评书艺术，深得先生艺术真髓，受到先生的赞赏。曾应田连元先生邀请，在中央电视台《艺术人生》的录制现场，表演自编评书段子，博得热烈掌声。

（四）

多年来，宇辉克服了常人难以想象的困难，忍着巨大病痛和身体不便，进行了大量的文学创作和体育、文学、文化等评论。他为了完成自己的既定目标，多次发烧时一边输液一边写作；为了争取时间，他经常写到深夜，有时因为写得时间长，胳膊肘磨烂了，包扎之后继续坚持。近年来，宇辉先后在《光明日报》《中国教育报》《世界教育信息》《中国财经报》等报刊上发表140多篇论文、散文、诗歌、时评等。

这一切的一切，谁曾想到是一个在轮椅里都无法独自坐立、仅靠一个稍稍能活动的大拇指拨动鼠标的年轻人的所作所为？谁又曾想过，这个年轻人实现如今的作为，付出了多少倍于常人的努力和艰辛？！

序／于丹

在哲学家的眼中，人是一根能思想的芦苇。如此人生，的确脆弱而悲凉，却充满了不屈与张力。坐在宇辉的面前，看着他坐在轮椅上艰难地敲击着键盘，我的心中常常忆起诗人曾卓的这首《悬崖边的树》：

不知道是什么奇异的风
将一棵树吹到了那边——
平原的尽头
临近深谷的悬崖上
它倾听远处森林的喧哗
和深谷中小溪的歌唱

它孤独地站在那里
显得寂寞而又倔强

它的弯曲的身体

留下了风的形状

它似乎即将倾跌进深谷里

却又像是要展翅飞翔……

　　面对命运令人错愕的安排，人们难免慌乱。一岁时的一次高烧，使得宇辉身受重伤，最终导致重度残疾，生活完全不能自理。在别的孩子最天真烂漫、满地撒欢儿的年龄，宇辉坐上了轮椅。命运的打击和相伴而生的慌乱并没有出现在宇辉身上——原因之一在于苦难降临时年幼的孩子尚不通人事，是父母家人为他承担了最初的伤痛；原因之二在于，不断成长的宇辉凭借自己的思想奋进、崛起。三十年的来路，其间荆棘密布，有着常人难以想象的艰难与惶惑；其间也雨润风拂，有着常人同样无法想象的恩泽与奋进。苦难和挫折是人生的标杆，往往更能测出一个人生命的高度和深度；宇辉正是在过往的岁月中向认识他的人和即将认识他的人显示着不少人难以企及的高度与深度。

　　与帕斯卡尔所妙喻的能思想的芦苇有所不同，在了解其人、通读其文后，我更愿意相信宇辉是老诗人曾卓笔下那棵"似乎即将倾跌进深谷里，却又像是要展翅飞翔"的悬崖边的树——拥有哲学家所信奉的深邃的"思想"，亦拥有诗人所歌颂的浪漫诗意。

　　《青春是一场思想的远行》的结集出版正是宇辉对自己生

命所独具的思想与诗意的一次汇报，一次总结。身体被拘囿于窄窄的一方轮椅，思想却能够自由飞翔于天地之间。这本书收录了作者自 2006 年至 2013 年间撰写的文章 80 余篇，纵横捭阖之间穿梭于经济、产业、文化、历史、文学、艺术、教育、体育、房产、医疗、养老、网游等诸多关乎国计民生的题材领域。仅就此而言，这本书所具备对当下社会的开阔的关注视角和敏锐的洞察力，就不能不让读者为之拍手称绝。事实上，我想出版社很难给出一个归属明确的上架建议。

然而，可贵的并不止于此，宇辉是一个广而能专、博而能精的言说者。在本书所收录的一百多篇文章中，细心的读者会发现宇辉相对集中的几个思考领域，比如经济，比如体育，比如历史。

像《假日经济刷新消费指标》《补贴第二季：节能、促销谁为先》《倒闭潮涨，家居建材卖场如何求生》《固定假期需倡导个性化消费》等文章力图从微观经济和宏观经济运行的双向维度，对产业模式、市场机制、消费趋势进行分析。

《莫以金牌论英雄》《拿着"算盘"办奥运》《国产运动品牌为什么缺乏"耐力"》《体育产业能否成为经济中的新生力量》《跋涉在"后运动员时代"的路上》等文章则聚焦于作者所挚爱的体育领域。宇辉多年来一直在新浪网开设博客，是新浪体育频道的特邀作者。他的博文主要是对各种篮球赛事做数据分析，也涉及球队表现、运动员技术水平的公允点评，从而形成了属于自己的一批拥趸。文集中所收录的这一领域的文章应该说只能算作笔耕不辍的作者所创作的作品中的很小一部分。

令人激赏的是，宇辉所撰写的一组古为今用的文章。虽然从未进过课堂，但是父母在宇辉年幼的时候就引领他阅读各种类型的文学作品。在这期间，宇辉对《三国志》《三国志通俗演义》产生了浓厚的兴趣。在走上写作之路后，他的一篇题为《从〈短歌行〉看刘馥的死因》的学术短论以大胆的推测、精微的考证被《光明日报》刊载。在这本书中，宇辉继续延续着他对史书，尤其是对《三国志》的热情。《官渡之战与当代商业竞争》《诸葛亮与当代职业人从业智慧》《由吕蒙看从业者职场潜力》《襄樊之战对现代企业管理的参透》等文章，力避"读死书"的现象，真正做到了把"古书"读"活"。这对当代人，尤其是莘莘学子而言颇为值得借鉴。

同时，这本书里的许多文章散发着作者独具的人文情怀的芬芳。文集中所收录的《三里河书摊》一文以散文的优美文笔追忆了上个世纪八九十年代宇辉在父母的陪伴下在北京三里河书摊采购图书的往事。行文不疾不徐，娓娓道来，如同翻阅一张张泛黄的照片，历历在目，触手可及，激发属于每一位走过那个时代的读者最温暖的生活记忆与情感共鸣。

出于对这样一位如同"悬崖边的树"一般虽身罹厄运却志不屈服的写作者的敬意，权且为序，希望读者能够发现文字背后伫立着一颗坚韧的灵魂，也希望作者能够以这本书的付梓为全新的起点，继续展翅飞翔……

柯南的结局让我失望

今天早上，我习惯性地上网，结果在圈友幻影无踪的博客里发现了一篇文章。

看过之后，我不知道该说些什么。那是柯南结局部分的原创漫画。柯南的结局是小兰永远离开了这个世界，6年后，新一成为了一位世界级的名侦探，可是他已变成了一个没有人类情感的推理机器。

我个人认为，这样的结局是非常不理想的。没错，日本动漫不像美国动漫那样英雄无敌且结局完美。它的过程和结局更加真实，有时甚至是凄凉的，透着些许哀伤，让人一时难以接受的。也正因如此，日本动漫才能被更多成年漫迷所钟爱，因为它使人感觉故事就像发生在自己身边，不像《超人》《希曼》《忍者神龟》等那么遥不可及。如果说美国动漫的特点是搞笑和视觉效果突出的话，那么日本动漫的特点就应该是真实、梦想和精神鼓励了。特别是一些动作类的动漫，如《圣斗士》《火影忍者》和《死神》等，都将这些特点体现得尤为突出。

其实，《柯南》也将这些特点体现得不错，但在结局方面，《柯南》显然有些凄凉过头了。我永远无法忘记《钢之炼金术师》的最后一集。以使自己和弟弟的身体恢复原样以及唤回已故去的母亲为梦想的爱德华，最终以自己去"门"的那边为代价换回了自己和弟弟的身体。应该说，这是一个非常优秀的结局。不够完美，因为有些凄凉。但任何事物都不可能十全十美，透过这有些令人感到悲伤的结局，我可以体会到一句话："只要不放弃希望，人就可以凭借自己的力量去改变自己的命运。"爱德华通过不懈的努力，最终实现了自己的一部分梦想，冲破

了命运的一部分束缚。这样真实又能给人以希望的结局不是相当优秀吗？只要不放弃，就一定能够依靠自己的努力去改变自己的命运，这也正是日本动漫的精髓。

可是《柯南》的结局不同。可能是太注重表现出哀伤风格的关系吧，青山刚昌先生最终还是选择让小兰离开了这个世界。当然，这也是真实的，毕竟在现实生活中，这也是常有的事情。但在《柯南》中，这是一个非常不妥的安排，因为这样做将使整部作品变得毫无意义了。柯南最终没能实现自己的愿望，因为他真正要改变的不是自己的身体。变回新一只是为他实现唯一愿望服务的一个条件而已。而现在，虽然有了条件，他却已无法实现这唯一的愿望了。变成推理机器，说明新一没有摆脱命运的束缚，毕竟他已经不可能再去改变自己的命运了。那么这部作品还有什么呢？没有欢笑，没有泪水，更没有希望，十年啊！最终只有凄凉，无尽的凄凉。

2006 年 12 月 29 日

到底是诸葛亮愚忠还是教授愚昧?

前几天，我无意中看到了一条新闻，关于一位西安的老教授建议从中学教材中取消《出师表》的新闻。老教授认为，《出师表》是诸葛亮愚忠的表现，对当前中学生养成科学的军事观很不利。我对这个看法不敢苟同。

记得我第一次读《出师表》还是 N 多年前的事，到现在为止，我已经读了几十遍。在阅读这篇文章的时候，我深刻地感受到了诸葛亮对民族的忠诚，他那"鞠躬尽瘁，死而后已"的精神令我非常敬佩。

另外，《出师表》在艺术形式方面也是非常优秀的。例如，在"亲贤臣，远小人，此先汉所以兴隆也；亲小人，远贤臣，此后汉所以倾颓也"这一句中，诸葛亮运用了对偶和对比两种修辞，以及反复突出"亲"和"远"的写作技巧，简练、清楚地阐述了两汉兴衰的根源。还有在"先帝知臣谨慎，故临崩寄臣以大事也。受命以来，夙夜忧叹，恐托付不效，以伤先帝之明，故五月渡泸，深入不毛"。这两句中，诸葛亮运用了层递这种写作技巧，将自己从被刘备托孤到率军南征的因果关系表达得非常到位，间接地阐述了自己坚持北伐的原因和决心，从而起到了深化文章主题的作用。由此可见，诸葛亮在《出师表》中使用的很多写作技巧都非常精妙。正因如此，这些名句至今令人赞叹。可以说，《出师表》在我国文学史上的地位绝对不逊于《曹刿论战》《师说》和《岳阳楼记》等经典。

可是，现在《出师表》却被所谓的教授认定为传授愚忠思想的劣质文章。什么是愚忠？什么不是愚忠？愚忠，是指不分是非地忠于自己的主子；忠，是指忠于自己的民族。那么诸葛亮呢？如果当时诸葛亮向刘禅一样贪图享乐，就不是愚忠了？根据蜀国当时的情况来看，诸葛亮别无选择。当时蜀国的人才越来越少，经济也远不如魏、吴两国，如果不主动出击，他们恐怕早被歼灭了。打，尚有一线生机；不打，则坐以待毙。因此，为了民族的安危，诸葛亮必须要明

诸葛亮

知不可为而为之。请注意，我说的是为了民族的安危，这其中包括保全刘禅，但不仅仅是为了保全刘禅。所以我认为，诸葛亮忠的不仅是刘禅，还有自己的民族。因此，诸葛亮应属于后者，我为我的民族能有诸葛亮这样的英雄感到自豪。敢问这位教授先生，既然你认为诸葛亮是愚忠，那么你怎么评价岳王爷和他的《满江红》呢？如果教授先生认为忠于自己民族是愚忠的话，那么在你的心中，抗战先烈是否也无须缅怀了呢？军事博物馆是否可以关门了呢？爱国主义教育是否也可以停止了呢？

我认为，《出师表》应该继续流传下去。我国目前是四大文明古国中唯一尚存的国家，我们的前辈在五千多年的历史长河中为我们留下了许多宝贵的财富。而作为后辈，我们有责任和义务把这些宝贵的财富继续流传下去，从而把国家和民族建设得更理想、更美丽。

2007 年 4 月 28 日

国产动漫与海外动漫的差距

　　自从全国各电视台于去年9月1日停止在黄金时间播出海外动漫开始，我已经很久没在电视上看过动漫了。取而代之的是DVD和网络电视。虽然偶尔还会看一下国产动漫，但与海外动漫相比，我认为目前国产动漫还存在着明显的差距。

　　国产动漫与海外动漫的差距主要有3点：内容、制作和创意。

　　首先是内容。回想一下我们这一代人小时候看的海外动漫，不论是《希瑞》《忍者神龟》《蜘蛛侠》，还是《一休》《花仙子》《恐龙特急克塞号》都给我们留下了难忘的回忆。我想，这些作品之所以能让我们在20多年后的今天依旧百看不厌，就是因为它们都拥有丰富的故事情节，比如希瑞为了解救以希利亚，与霍达克进行着漫长而惊险的战斗；比如一休不断用自己所学的知识帮助他人，战胜困难；比如克塞为了保护恐龙、保护大自然，不懈地与偷猎者进行斗争。这些故事现在看来仍旧惊心动魄、扣人心弦，即便是成年人看来也不算很幼稚，更何

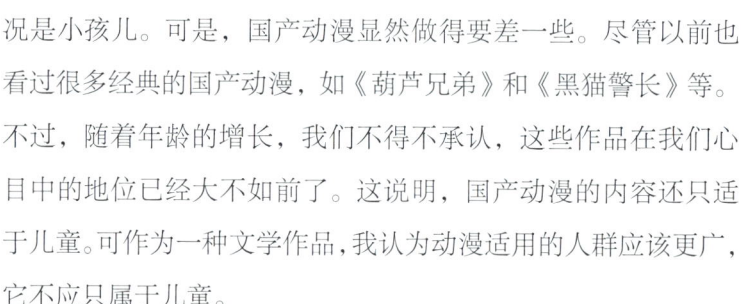

况是小孩儿。可是，国产动漫显然做得要差一些。尽管以前也看过很多经典的国产动漫，如《葫芦兄弟》和《黑猫警长》等。不过，随着年龄的增长，我们不得不承认，这些作品在我们心目中的地位已经大不如前了。这说明，国产动漫的内容还只适于儿童。可作为一种文学作品，我认为动漫适用的人群应该更广，它不应只属于儿童。

其次是制作。我个人认为，如今国产动漫的制作水准反而不如以前了。以前的国产动漫只有两种制作方式：剪纸和水墨。虽然简单，但它体现了中国特有的风格。如今，虽然我们有了更先进的制作技术，但国产动漫依旧怎么看怎么像是剪纸加水墨的形式，而所谓的3D技术就更别提了。我们不妨比较一下这几年热播的几部海外动漫，如《灌篮高手》中，流川枫投篮时头发的飘逸；如《头文字D》中，秋名山的赛道和AE86；如《圣斗士星矢之冥王篇》中，闪烁着光泽的圣衣。我认为在这几部作品中，3D技术的运用对作品提升视觉效果从而提高作品质量，起到了关键的作用。而我们运用3D技术制作出的动漫，显然还无法达到这几部作品所处的高度。用了新技术，却无法摆脱旧面貌，同时又无法让新技术起到应有的作用，国产动漫想要进步，自然不容易。

最后是创意。在我看来，创意对动漫来说，就如同它的灵魂。毕竟，它主要是给年轻人观看的作品嘛。不过，这最重要的一部分却是国产动漫最薄弱的。这几年，我几乎没听说国产动漫有什么创新的作品，基本上不是孙悟空，就是蓝猫。那么，海外动漫呢？回想一下，如《猫和老鼠》，整部作品几乎没有什么对话，只有猫和老鼠。但它却依靠作者丰富的想象力变成了永不磨灭的经典。如《柯南》，主人公吃了某种毒药，身体变小了，这不就是创意吗？还有，柯南因为喝了老白干儿，暂时恢复过原样。老白干是我国发明的白酒，如今却出现在了海外动漫的作品中，难道我们不觉得惭愧吗？此外，海外动漫的周边种类和音乐质量也都明显胜过国产动漫，销量自不用说。我想，这正是海外动漫创作者们凭借创意得到的回报。因此，没有了创意，就如同没有了灵魂，作品就好像行尸走肉，不管有多少新作，看起来都是千篇一律。

目前，海外动漫仍在被全国各电视台封杀中。可是，我们自己的动漫没有提高，只靠封，封得住吗？况且，封杀了海外动漫，也就没有了比较的对象，我们又怎么能找出差距呢？如果我们连人家已经进步到什么水准都不知道，还怎么提高呢？

最后，希望国产动漫的创作者们能够早日为我们奉献出高质量的动漫作品，从而使中国动漫能够加入世界优秀动漫作品的行列。

2007 年 5 月 18 日

中外电影之间的差距

　　前几天，偶然听说有人建议电影院应该增加国产电影的放映数量。我个人认为，这种建议并不合理，因为目前国产电影与海外电影还有着一定的差距。

　　在我看来，国产电影与海外电影之间主要存在着三点差距：思想、创意和视觉效果。

　　首先是思想。记得前些日子特地去电影院看了时下最热的《蜘蛛侠3》，感觉这部影片确实非常棒。它就是在华丽的视觉效果的基础上，丰富了思想内容。影片通过蜘蛛侠的最后一战告诉我们，再强大的人也不可能永远靠自己解决问题，从而说明了团结的重要性。此外，蜘蛛侠的好友哈里·奥斯伯恩在经过了反复的思想斗争后，最终选择了友谊而舍弃了仇恨。这告诉我们一个道理，那就是人完全可以凭借自己的力量去摆脱仇恨的纠缠，创造美好的未来。而让我印象最深刻的还是蜘蛛侠脱下黑色蜘蛛衣的那一瞬间。不错，能够拥有别人没有的力量、能够成为人们心目中的英雄、能够得到自己想得到的一切，这些诱惑确实让我们很难拒绝。不过，蜘蛛侠的选择还是告诉了我们，任何虚幻的事物都只能带给我们一时的快乐，之后就将是无尽的痛苦。因为人们在得到虚幻事物的同时，必将失去对自己最重要的东西。人们只有依靠自身的努力去奋斗，才能得到使自己真正强大的力量。这些思想内容都是值得提倡的，不是吗？虽然某些国产电影也有很丰富的思想内容，如《天下无贼》就是通过两个普通扒手的故事向我们展现了一个"盗亦有道，人却无情"的世界。只可惜，在目前的国产电影中，思想内容像《天下无贼》这样丰富的作品还是太少了。

其次是创意。想想如《星球大战》《精灵鼠小弟》《金刚》

等海外影片，本身描述的不是现实世界的故事，但因为这些影片的制作者拥有非常丰富的想象力，这些令我们终生难忘的经典作品诞生了。可以说，创意使电影创作的范围变得更大，从而使电影的种类得到增加，电影艺术适用的人群也变得更广了。在我看来，电影不同于动漫。动漫必须要有创意，否则它就是纪实片。电影不同，没有创意，一样可以诞生一部优秀的影片。但是，不能所有的电影都没有创意。如果所有的电影都来自现实，那我们为什么不去体验生活，而去看电影呢？正如我们不能迷茫在虚幻的世界中，但也不能放弃科学探索一样，电影不需要也不能完全依赖创意，但创意必须成为电影艺术的一部分。尽管某些国产影片同样依靠创意成了经典，如《神话》中，秦始皇的王妃吃了长生不老的丹药，居然能在古墓中一直活下去，直到21世纪的今天。这不是很有创意的作品吗？只不过，在目前的国产影片中，这样的作品还没有达到应有的数量。

最后是视觉效果。我个人认为，国产电影在这方面存在的差距再明显不过了。如今的电影票少则几十元，多则上百元，还能够吸引观众，靠的是什么？当然是电影院独有的那种效果。很多人现在还去电影院，不就是为了去感受影片最佳的效果吗？但是，电影院对提高影片效果所起到的作用，主要还是在音效方面，而在提高视觉效果方面，更多还是要靠影片自身。想想如《黑客帝国》《纳尼亚传奇》《龙骑士》等海外影片，本身都拥有宏大的场面，能够给人们极佳的视觉效果，再配上电影院中独有的音效和大荧幕，人们将可以感受到只有电影才具备的那种艺术魅力。虽然目前某些国产电影在视觉效果方面做得不错，如《无极》中的一些场面已经很壮观了。但总体来看，拥有高质量视觉效果的国产影片目前还是"凤毛麟角"。不能给观众最佳的视觉效果，人们即便去了电影院，也很难感受到电影艺术独特的魅力。那么，人们为什么还要购买和海外影片同样价格昂贵的电影票，去看国产电影呢？

我个人认为，目前电影院还是应该保持海外影片多于国产影片的状态。虽然一些国产影片的出现，已经在一定程度上弥补了上面提到的差距，但从总体来看，国产影片需要提高的地方还有很多。在这种情况下，削减放映海外影片的数量是极不妥当的。国产影片的质量上不去，即便不放映海外影片，又能怎么样呢？

希望国内的电影制作者们能够早日为我们带来高质量的影片，靠实力把观众请回国产影片的放映厅。

2007年5月29日

从《短歌行》看刘馥的死因

很多人都知道，电视剧《三国演义》中有这么一位人物：师勖。电视剧中的师勖是一位乐师。曹操在横槊赋诗(《短歌行》)后，请师勖点评。师勖曰："丞相歌词虽然文采盖世，只是雅乐应该'中正和平''典雅纯正'，可是短歌之内有不祥之言……'月明星稀，乌鹊南飞；绕树三匝，无枝可依'这几句既不符合雅乐规范，也大不吉利！眼下南征在即，大军临战之时，出此不祥之言，有损军威！"曹操大怒曰："安敢败我诗兴？"接着手起一槊，杀死了师勖。次日，曹操泣曰："昨日，是酒醉，误伤师勖，操深感负罪。师勖乃一代乐师，从此天下无雅音矣。唉，悔之无及呀！"之后，曹操命人厚葬了师勖。

虽然在《三国演义》原著中，并没有出现过师勖这个人。不过，其中却有一个人的境遇与师勖极为相似。这个人是刘馥。根据《三国志·卷十五·魏书十五》记载，刘馥是沛国相人，曾任扬州刺史。在《三国演义》原著（第四十八回 宴长江曹操赋诗 锁战船北军用武）中，曹操横槊赋诗（《短歌行》）。"歌罢，众和之，共皆欢笑。忽座间一人进曰：'大军相当之际，将士用命之时，丞相何故出此不吉之言？'操视之，乃扬州刺史，沛国相人，姓刘，名馥，字元颖。馥起自合淝，创立州治，聚逃散之民，立学校，广屯田，兴治教，久事曹操，多立功绩。当下操横槊问曰：'吾言有何不吉？'馥曰：'月明星稀，乌鹊南飞；绕树三匝，无枝可依。此不吉之言也。'操大怒曰：'汝安敢败吾兴！'手起一槊，刺死刘馥。众皆惊骇。遂罢宴。次日，操酒醒，懊恨不已。馥子刘熙，告请父尸归葬。操泣曰：'吾昨因醉误伤汝父，悔之无及。可以三公厚礼葬之。'又拨军士护送灵柩，即日回葬。"由此可知，电视剧《三国演义》中出现的师勖应为导演虚构，他在原著中的原形实为刘馥。

不过，曹操本不是心胸狭窄之人，应该不会因为听不进意见而随意杀人。那么，曹操为什么要杀死刘馥呢？

我们认为，"月明星稀，乌鹊南飞；绕树三匝，无枝可依"，这几句确实与诗作中的其余大部分诗句有些脱节。曹操是一位优秀的诗人，应该明白这一点。那么，曹操的创作意图究竟是什么呢？如果《短歌行》的确是曹操于建安十三年（公元208年）"赤壁之战"时所作，"月明星稀，乌鹊南飞；绕树三匝，无枝可依"这几句则很可能不是曹操作诗时犯了错误，而是他特意所作。那么，曹操为什么要在这首诗中特意加上与主题有些脱节的诗句呢？

曹操所作"月明星稀"，是指当时他在自己和其他诸侯的势力之间所做的一个比较。因为"赤壁之战"时，曹操已经吞并了董卓、吕布、袁术、袁绍等诸侯，成了北方之主。因此，他把自己比作"月亮"，同时把其他诸侯（如刘璋、张鲁、马腾等）比作"星星"，以此来说明自己的势力将会越来越大，其他诸侯的前景将会越来越暗淡。

"乌鹊南飞"则是特指当时刘备逃到南方的事实。曹操曾与刘备曰："当今英雄，唯使君与操耳。"所以在曹操的心目中，刘备是一位强敌，不能等同于那些如暗淡的星星般的诸侯。不过，当时曹操正处于强势，是他在追击刘备，虽然想要特指这个对手，却又必须使他显得很弱小才行。因此，曹操用南飞的乌鹊来特指当时逃到南方的刘备，以此来说明对手有多么弱小。

如果按照这个思路分析，"绕树三匝，无枝可依"也就不难理解了。"绕树三匝"中的"树"指的就是当时的孙吴；"无枝可依"中的"枝"指的就是当时孙吴的战斗力。曹操在特指刘备是"弱小"的乌鹊后，又接着把孙吴比成了"无枝"的树。意思是说，刘备不是去依靠孙吴了吗？但孙吴也是没有多少战斗力的，是无法让刘备来依靠的。

在曹操看来，当时的形势已经对自己非常有利了，只要他能够取下江东（孙吴），统一天下就指日可待了。《短歌行》集中表达了自己对于"赤壁之战"必胜的决心，并借此来激励自己手下的将士们。

学术界一般认为，《短歌行》的主题由两部分组成：一是曹操基于生命的脆弱，感慨年华逝去（如"譬如朝露，去日苦多。"）；二是曹操希望能够广招天下贤士，成就一番霸业（如"周公吐哺，天下归心。"）。然而，如果把"月明星稀，乌鹊南飞；绕树三匝，无枝可依"这几句与"譬如朝露，去日苦多"和"周公吐哺，天下归心"结合起来分析，不难发现：曹操认为，虽然自己处于强势，但去日苦多。如果想在自己有生之年完成天下一统的霸业，就必须在当时打胜"赤壁之战"。正因如此，曹操才要特意在《短歌行》中加上对自己、刘备、孙吴和其他诸侯之间的势力进行比较的诗句。一方面是对天下贤士发出邀请；另一方面是激励自己手下将士们作战的信心。

由此可见，"月明星稀，乌鹊南飞；绕树三匝，无枝可依"这几句不仅不是与《短歌行》主题脱节的部分，反而是其中非常重要的一部分。可是，刘馥却说这是"不吉之言"。在曹操看来，刘馥在当时提出这样的意见必然会动摇军心，从而使这几句诗的意义大打折扣。于是，志在必得的曹操不得不假借败兴之名杀死了刘馥。

虽然通过《短歌行》来分析刘馥的死因只是一种假设，正史中并没有记载这段史实。不过，这并不能证明刘馥因《短歌行》而死的说法就没有成立的可能。

一者：虽然《三国志·卷一·魏书一》记载，"孙权为备攻合肥。公自江陵征备，至巴丘，遣张憙救合肥。权闻憙至，乃走。公至赤壁，与备战，不利"。但是，据《裴注三国志·卷一·魏书一·武帝纪第一》记载，"孙盛异同评曰：按吴志，刘备先破公军，然后权攻合肥，而此记云权先攻合肥，后有赤壁之事。二者不同，吴志为是"。另据《资治通鉴·卷六十五》记载，曹操于建安十三年（公元208年）七月南征刘表。同年十月，曹操自江陵将顺江东下，之后与吴军遇于赤壁。这说明，"赤壁之战"确实发生在建安十三年。

二者：据《三国志·卷十五·魏书十五》记载，刘馥于建安十三年卒。之后，"孙权率十万众攻围合肥城百馀日，时天连雨，城欲崩，于是以苦蒉覆之，夜然脂照城外，视贼所作而为备，贼以破走。扬州士民益追思之，以为虽董安于之守晋阳，不能过也。及陂塘之利，至今为用"。另据《资治通鉴·卷六十五》记载，建安十三年十二月，"孙权自将围合肥，使张昭攻九江之当涂，不克"。这说明，刘馥确实死于建安十三年。之后，孙权也确实攻打过合肥。据此，两相参照，刘馥死于"赤壁之战"则不无可能。

三者：虽然正史中没有记载《短歌行》是曹操于建安十三年"赤壁之战"时所作，但是，在人教版的《高中古诗文翻译赏析》（第三册）和人教版的《高中语文第三册》（新教材）中，都有关于《短歌行》是曹操作于建安十三年"赤壁之战"时的注释。此外，正史中并没有《短歌行》是曹操作于何时的记载。那么，它为什么就不能是作于"赤壁之战"时呢？

我们认为，曹操横槊赋诗，之后杀死刘馥的故事目前虽然无从考证，但并非没有可能。

2007年10月1日

残疾人教育困境与策略的分析

　　新中国 60 年风雨兼程。在这 60 年中，我国在很多领域里都取得了伟大的成就。其中，教育事业也得以在良好的环境里取得了长足的发展。然而，当下我国残疾人教育仍有许多不足，遭遇着持续、高效发展道路上的瓶颈。

　　近期，笔者偶然看到了北京电视台的《真情耀中华》[1] 栏目，从中获悉广西少年陆建积因舍己救人，造成下身瘫痪，却仍然克服重重困难，踏上求学之路的感人事迹。然而，在被陆建积感动和激励的同时，另一个难以回避的问题也随之进入公众的视野：陆建积因身体不好，进而造成进学校接受教育的困难，最终对其个人的学业乃至发展造成了很大的影响。更有甚者，造成陆建积未能达到 2009 年南宁市重点中学的录取分数线的

1　《真情耀中华》是北京卫视在 2009 年推出的一档以"好人帮助好人，好人有好报"为主题的大型公益节目。

直接原因竟然是其本人在身体残疾后在中考过程的较低的"体育分数"。我们在关注这个事件本身、关注陆建积本人，并进而感慨社会良心、教育公平何在的同时，也应该思考一下有关残疾人教育的问题。这可能是陆建积事件给我们带来的心理震撼和情感净化后的更有社会价值的维度。

就教育过程的系统性和层进性来看，目前最应被重视的几个关于残疾人教育的问题是：如何区分残疾人教育的种类并界定不同种类、层次的残疾人教育的内涵；如何开发资源、搭建平台使残疾人获得更为丰富、开阔的教育路径；如何打破主流意识对残疾人弱势群体的既定能力判断，从而使残疾人的学识得到社会的真正认可。

一

因为残疾人在身体和心理两方面都与正常人有所不同，所以残疾人教育的种类也应较常人有所调整。笔者认为，我们应先对残疾人教育的种类进行区分。之后，需为残疾人教育的种类的内涵进行界定。

首先，应对残疾人教育的种类进行区分。我们不妨根据美国心理学家马斯洛提出的"人类的五种需要"[1]，将残疾人应接

1 马斯洛（Abraham H. Maslow,1908—1970）在《人类需求五层次理论》中提出的观点。
   按其层次由低至高分为：生理需要、安全需要、社交需要、尊重需要、自我实现五种。

受的教育分为身体康复训练、心理辅导和文化教育三类。对于很多身体较弱，也不具备生活自理能力的残疾人来说，非常需要接受身体康复训练。因为身体的康复，不仅能让这些残疾人更好地学习，还能帮助他们更好地生活，从而满足其对生理和安全的需要。因此，身体康复训练应该成为残疾人教育重要的一部分。但是，对于一些心理有障碍的残疾人来说，身体康复训练并不是全部，心理辅导也是非常必要的课程。因为只有让这些残疾人感受到人与人之间的互助和互爱，且帮助他们建立起自尊、自强的意识，才能使他们在身体残疾的情况下，保持心理的健康，以便更好地学习，从而满足其对社交和尊重的需要。因此，心理辅导是残疾人教育又一重要的部分。然而，对于所有残疾人而言，至关重要的还应该是文化教育。因为身体的康复和心理的辅导，为的都是让他们更好地接受文化教育。只有当他们接受了文化教育，他们才能成为对他人、对社会有所贡献的一分子，才能使他们在真正意义上完成"自我实现"。因此，文化教育是残疾人教育不可或缺的部分。

其次，我们还须对身体康复训练、心理辅导和文化教育三类残疾人教育的内涵进行界定。身体康复训练的课程应分为两个部分：改善身体条件、学习生活自理能力。起初，需要给予这些残疾人改善身体条件方面的训练，开发其身体剩余的机能并调动其主观能动性，尽可能地使其具备一定的自主行为能力。之后，需要为他们进行生活自理方面的训练，如吃饭、洗漱、上下床等，尽可能使其具备一定的生活自理能力。心理辅导的课程应分为三个部分：主动交流、提供集体活动、测评。最初，需要主动与这些残疾人进行交流，为他们灌输生命的意义和生活的美好，使其逐渐产生对生活的向往。之后，需要为他们提供一些集体活动，如陪他们一起劳作、一起娱乐、一起外出等，使其逐渐远离孤独。最后，需要为他们进行测评，为他们讲解测评的成绩，使其渐渐摆脱心理障碍。由于这些残疾人本身具有一定的特殊性，所以不仅要为他们提供文化教育，还需要根据他们的实际情况，变更一些学习的内容。比方说，双手行动不便的学生，可以着重学习语文、英语等方面的知识；表达不便的学生，可以重点学习数学、美术等方面的知识。总之，使他们最大限度地掌握文化知识。

通过区分和界定残疾人教育的种类，能够使这些残疾人获得更完整、更适合他们的教育，从而帮助其成为一个自尊、自强、自立的独立的人。

二

目前，很多不具备在校就读条件的残疾人，已经可以通过其家人的护理、医院的治疗和社会的关爱等途径获得身体康复训练和心理辅导。但是，他们最难以获得，也是最应该获得的是文化教育。因此，仅仅对残疾人教育的种类进行区分和界定是不够的，政府和社会还应该考虑如何能让他们接受教育。

如何使残疾人接受教育？从目前的情况来看，绝大多数残疾人只能在家自学。可是，在家自学的残疾人不得不面临学习资源匮乏的现实。所谓学习资源，就是指对学习提供帮助的人员、物品、场所等。对于那些在家自学的残疾人来说，教师是他们最需要，也是最缺乏的学习资源。

于是，如下两个问题相伴而生：残疾人在家自学是否需要老师？找到老师上门为残疾人教学是否困难？答案均是肯定的。毕竟残疾人和正常人一样，大多数不是天才，不是仅凭一颗坚忍不拔的心，就能过目不忘，一通百通的，要想真正获得教育，除了其自身的努力，还需要有老师对其施教。另外，找到老师上门为残疾人教学也确实比较困难。这主要是两方面的原因：一是为残疾人教学，老师要付出比平时多很多的艰辛；二是上门为残疾人教学与做家教不同，是一项长期的工作，需要很多时间，而教师这一职业的业余时间本就不多。因此，一位不畏艰辛，又愿意长期牺牲自己的业余时间，上门为残疾人教学的老师是非常伟大的。虽然这样伟大的老师也不乏其人，但在家自学的残疾人更多，很多时候，想为他们找到一位适合的老师并不容易。那么，怎样才能满足这些残疾人对学习资源的需求呢？

笔者认为，我们不妨尝试在老师和学生之间搭建起一个宽广而高效的学习平台，以解决这个问题。当前，利用互联网搭建起一个学习平台，应该是最有效的方法。具体可以从四个方面入手：建立学习网站、丰富网上学习资源、组织残疾人学习基本的电脑操作技术和请一些教师和专业人士定期通过网络与学生进行互动。

首先，可以尝试由政府出资，聘请教育界及网络技术相关领域的专业人士，建立起一个适用于各类型、各学龄的残疾人获得专业信息和知识的带有公益性质的学习网站。其次，需要丰富这个网站中的学习资源。具体来说，可先在这个网站中以动态更新的方式创建若干学习资源库。之后，在一些教师在校授课时，聘请专人负责录像和文字记录。然后，再将这些视频、文字资料，以及一些练习课件等学习资源，分门别类放到这个资源库中，并及时更新，提供给这些残疾人共享。再次，由于很多残疾人没有接触过电脑，所以应该由专人将他们统一组织起来，聘请专业的电脑教师，为他们教授基本的电脑操作知识和技能。最终，使这些残疾人能够通过这个网站，利用网上的学习资源，自主接受教育。最后，需要聘请一些教师或者招募志愿者，定期通过网络平台与这些残疾人进行互动，接受他们自学后的反馈并为他们进行答疑和测评，使其得以持续通过网络自学。

如果能够搭建起这样一个宽广而高效的网络学习平台，无疑将使在家自学的残疾人得到更多、更适合的学习资源，从而让他们更容易地接受教育。

三

为残疾人区分和界定应接受的教育的种类并帮助残疾人接受教育，虽然能让他们学到知识，却很难使他们获得学历。因此，我们还应该考虑如何能让残疾人的学识得到社会的认可。

如何能让残疾人的学识得到社会的认可？在此之前，我们需要先知道，为什么残疾人难以获得学历。原因很简单，由于在家自学的残疾人不属于任何学校，所以他们即便学得了知识，也没有学校能够让他们参加毕业考试，而不能参加毕业考试，就等于没有毕业，自然就没有学历。残疾人无法毕业，没有学历，就不能继续考学深造，他们所学的知识自然就难以得到社会的认可了。即使像陆建积这样具备在校就读条件的残疾人，多数也只是就读于中、小学，而就读于大学的残疾人却非常少，更不用说硕士、博士了。可是，哪一个走上求学之路的残疾人不想自己成为大学生、硕士、博士，从而能为国家、为社会贡献自己的一分力量呢？

笔者认为，我们应尝试由以下两个方面帮助这些残疾人，使他们的学识能够得到社会的认可：完善残疾人毕业的制度、加大社会对残疾人教育的关注力度。

首先，教书育人为的是什么？是想让每一位学生都学有所成，成为于祖国、于人民有用的人。那么，何为"学有所成"？自然是顺利毕业。是的，"毕业"，可是这个对正常人来说异常普通的词汇，对残疾人来说却遥不可及。因此，我们需要进一步完善有关残疾人毕业方面的制度，使他们能够得到学历。具体可分为两个方面：一是将全国各地的学校按照小学、初中、高中、大学分为四类。再分别根据这些学校的校址的所在地，将该地区的残疾人按照接受教育程度的高低分类集中起来。之后，安排他们分别在特定的时间、地点参加不同级别的考试，为他们提供毕业的机会。如此，便使他们有了得到学历的可能。二是需要给予这些残疾人适当的帮助。比如，可以将试题放到电脑里，使那些书写不便的残疾人能够利用电脑应考等。总之，需要尽可能帮助残疾人能够按照要求，独立完成考试。这样，便使他们有了得到学历的机会。

其次，我们需要加大社会对残疾人教育的关注力度。目前，社会对残疾人的整体重视程度已经越来越高。特别是在残疾人生活和康复方面，社会给予了很高的关注，但在残疾人文化教育方面，仍有待加强。笔者在《真情耀中华》节目中得知了有关陆建积求学的情况，但笔者上网搜索，却鲜有看到关于他求学方面的报道。更多时候，有关陆建积的报道还是集中在他见义勇为的事迹以及其生活方面。因此，我们需要进一步加大社会对残疾人教育的关注力度，通过媒体更多地报道和宣传残疾人相比常人求学的困难，以及他们克服困难坚持求学的精神。以便使这些残疾人得以有机会向社会展示他们的学识，并能够得到社会的认可。当前，国家为残疾人提供了很多生活和康复方面的优越政策，且给予了很多关怀。如果再能给他们一些教育方面的帮助，无疑将极大地帮助他们走向社会、回馈社会。

何为"残疾人"？我以为多数情况下，是指身体有残缺的人。因此，笔者一直铭记并赞同笔者的老师说过的一句话："我们每个人都不是完美的，都有不足的方面，有的人残缺的是身体；有的人残缺的是心。所以，只要一个人拥有一颗健康的心，不论他的身体是否健康，都是和我们平等的，都值得我们去尊重和敬佩。"是的，残疾人同样拥有获得教育的权利，他们的求学之路应该再多一些光芒，少一些荆棘。因此，当这些残疾人克服了常人无法想象的困难，走上求学之路的时候，我们是否能够想办法为他们提供一个实现其发展、展现其学识的舞台，甚至更上一层楼的台阶呢？毕竟，只有当他们能够得到这个舞台和台阶的时候，他们才能够真正得到展现自我价值、实现自我超越的机会。

我国历史上最伟大的教育家孔子说："有教无类[1]。""有教无类"，为什么不呢？

2010 年 9 月

1　有教无类是《论语》中载录的孔子的观点。意思有两层：一是指人人都可以接受教育，没有（贫穷、地域等）等级区分；二是教育之后就没有类别之分了。人在教育之前是有类别的，有贫富，有贤愚，但是教育之后就没有这些差别了。

为何火的是《三国杀》

《三国杀》——一款由中国传媒大学动画学院 04 级游戏专业学生设计、游卡桌游文化发展有限公司出版发行的桌面游戏，在其面世短短三年多时间里，迅速红遍大江南北，成为当今国产桌游界最具影响力和普及度的作品。那么，为何在尚未十分成熟的中国桌游市场，《三国杀》能够这般"独孤求败"呢?

社交需求·模式多变·团队合作

作为游戏产业中的一种，桌面游戏曾经短期盛行于国内，但很快就被电脑及一些游戏主机取代。不过，随着"4—2—1"家庭成为社会单元的基本形态，越来越多的 80 后、90 后作为独生子女成长起来，新兴的游戏产业暴露出无法满足受众体社交需求的重大缺陷。在这种情况下，桌游再度被玩家拿起，人们也开始重新审视这一朴素的娱乐方式，并尝试回归现实，寻找多人合作游戏的乐趣。

《三国杀》独到之处还在于它的游戏模式并不固定，少则两人，多则七八人都可运行。这样一来，就能避免很多桌游存在的弊端——必须凑集固定人数方能展开。另外，《三国杀》提倡平衡性，注重团队配合。参与者必须凭借集体的努力，才能赢得胜利，这也在某种程度上培养了玩家与人合作获得成功的意识。因此，相比同类产品，《三国杀》参与条件更低，互动性更强，这就为其在桌游，甚至整个国内游戏产业中占据领先地位打下了坚实的基础。

营销有道·深度开发·周边扩展

对于这部经典之作，游卡桌游确实可谓经营有道。他们在发行该产品不久后，便同盛大网络合作，推出《三国杀OL》，使得游戏实现双线运行，进而持续扩大受众范围。紧跟着，游卡又相继制作"神话再临"系列扩展包及《Q版三国杀》，不断丰富游戏的娱乐性。同时，他们还以此激发起玩家自主设计卡牌的兴趣，"一将成名"便是以官方举办的卡牌征集大赛中胜出的作品作为核心要素开发的补充包。

不仅如此，游卡出品的《三国杀》相关周边产品也十分讲究，并非只有单纯意义上的纪念品，而是多以杯子、开瓶器、鼠标垫等当代社会日常生活必需品为主。这些产品成本相对较低，市面上的价格也普遍易于被人接受。这就足见公司在周边产品开发上所独具的收藏与实用并重的文化制造与营销理念。此外，游卡和盛大还长期在线上和线下举办各类比赛，为广大《三国杀》爱好者提供了相互交流、切磋的平台。所以，附带产品最多的《三国杀》反而销量最好，影响力最大，普及度最高。

文化内蕴·受众广泛·产业趋势

桌游作为一项新兴的文化产业，若能兼容深厚的传统文化，同时着意于文化创意与文化制造的两翼，必能翱翔于广阔的经济时空。

《三国杀》之所以能拥有一个全球突破 5000 万人的庞大受众体，正与其自身依托的文化背景有着密不可分的联系。比

较目前市面上的同类产品不难发现，《三国杀》的背景并非某款游戏或动漫，而是在华人圈内妇孺皆知的"三国"故事，这就使其更容易被不同年龄段、分处在各行各业的人士接受。不论 10 岁、20 岁、30 岁，甚至中老年人都有可能会因喜爱"三国"文化而接触并接受该产品；不管工人、商人，还是学生，均有可能成为其长期的受众体：这种深远宏阔的文化背景无疑是人们愿意尝试《三国杀》的深层原因。正因如此，依托深厚文化背景的《三国杀》可以满足不同身份的玩家在文化心理方面的需求，能够达到融历史于"游戏"的寓教于乐的效果。如前所述，《三国杀》是一款在文化创意及文化制造两方面都做得比较成功的产品。它能在当今国内桌游市场占据领先地位，完全不是偶然现象。

在现今尚未成熟的国内桌游市场，一款产品想要被广大玩家接受，甚至拥有广泛的受众体实属不易。《三国杀》的成功不仅为其制作人及游卡桌游带来了丰厚利润与无限商机，给国产桌游的发展指明了方向，同时其对游戏产业乃至文化产业的普及、推动也必将产生至关重要的作用。也许在五年、十年，或者二十年后，这部经典之作将隐遁江湖，但它依然在文化产业发展与革新的历程上书写了浓墨重彩的篇章。

"桃园结义，火烧赤壁，三分天下：那是谁在指点着江山如画……"

2011 年 11 月 7 日

跋涉在"后运动员时代"的路上

在中国体育职业化、商业化的大背景下，运动员退役后的转型之路日渐宽广，更有很多人在其"后运动员时代"将目光投向商界。然而，想要于新的领域有所成就，这些昔日无比风光的体坛健将就必须重新寻找立足点。

走向校园·奠定基础

尽管近几年国内出产了大学生足球超级联赛、CUBA 等校园体育赛事，以及胡凯、饶静文这样的"学生级世界冠军"，但不可否认：中国职业运动员在告别竞技场前总是要将更多时间和精力投入到体育专项训练与比赛中。

20 世纪 90 年代，邓亚萍逐渐从赛场淡出人们的视野。她曾先后就读于清华大学、诺丁汉大学、剑桥大学，在先后取得英语专业学士学位和中国当代研究专业的硕士学位之后，进入国际奥委会。如今，曾经的"乒坛一姐"正以总经理的身份就职于人民搜索网络股份公司，她无疑是中国当代体育史上在经历了运动场和校园两番洗礼之后最具影响力的人物之一。具体到经商，李宁则堪称中国运动员转型的典范。1989 年开始，他曾先后在北京大学法学院和北京大学光华管理学院深造，此后又获得英国拉夫堡大学荣誉技术博士学位和香港理工大学荣誉人文学博士学位。正因如此这般的磨砺，方才为李宁进入商界并成功打造品牌奠定了坚实基础。近日，前中国国家男子篮球队中锋姚明进入上海交通大学安泰经济与管理学院就读。从接手上海大鲨鱼男篮选择于商业领域发轫其求学之路，姚明正试

图复制此前一些运动员退役后的成功轨迹。

现代社会业已进入信息时代，企业在经济领域内的任何举措都必须以科学的现代管理理念作为支撑和依托。从企业的战略决策，到技术的研发更新，再到产品的宣传营销，乃至人员的配置管理，都对经营者提出了完全不同于过往的、更高更专业的知识与技能要求。不论邓亚萍、李宁，抑或是其他人，运动员在退役后选择"重返"校园甚至是"走向"校园，能够使其获得自身所从事的体育专项之外的某种知识与技能，并重塑自己的人生。就此而言，开启求学之路实为运动员转型的合理选择——对姚明来说也是这样。

个人魅力·强强联合

如果试图在商业领域有所作为，除了获取专业的理论知识与业务技能，个人魅力绝对是无法小觑的——即便是这些体坛健将在其职业生涯进入"后运动员时代"。尤其是曾经在竞技场上"独孤求败"的个人余热，总是能帮助其所经营项目实现甚至超越预期的商业愿景。

李宁以赞助 1990 年亚运会为契机，成功创立李宁体育用品有限公司。迄今为止，"李宁"不仅多次赞助奥运会等大型国际体育赛事，还先后同 NBA、ATP 等国际知名体育组织合作，使中国品牌被世界熟知并认可。前北京国安足球队长韩旭凭借其个人在北京足坛的影响力，于北京工人体育场附近开设了全国首家国安特许专卖店并获得两大体育品牌——耐克和阿迪达斯的经营授权；2009 年，姚明出资买下其母队——上海大鲨鱼男篮，自己当起了球队老板，从征战球场转向运筹帷幄。

我们不得不承认，单纯凭借个人魅力，由从事某项运动转型到经营该项目的某支运动队，这种角色转换带有特殊性，不能适用于大多数运动员。相比之下，由于近些年体育在国内的受关注度越来越高，体育用品的受众体也在不断增加，运动员在退役之后寻求与某些经济实体的强强联合，是更为现实的转型路径。比赛是源源不断的，体育产业的蓬勃发展也就带有一定的必然性。正因如此，以自身的从业经历为广告，联手大型国际赛事或成熟的体育用品制造商，才是运动员在商界站稳脚跟，直至取得一番成就的最大资本。

尽管经营策略与规模各不相同，但这些体坛健将重回校园、积蓄实力的经历足以给很多后辈一个启示。相信，未来会有更多运动员找准立足点并跋涉于商业之路，成为新的李宁、韩旭、姚明……

2011 年 11 月 17 日

体育产业能否成为经济中的新生力量

数据显示，在欧美国家体育产业已成为国民经济的支柱。美国体育产业的年产值达到 2000 多亿美元，是汽车制造业总收入的两倍，达到 GDP 的 2%；英国体育产业年产值达 70 亿英镑，超过汽车制造业、烟草业的产值。

在国内体育领域专业人士普遍思考中国如何从"金牌强国"转型为"体育强国"的时候，经济领域是否也应思考体育产业如何获得全方位发展并逐渐成为引领国民经济持续稳步快速健康发展的新生力量呢？

体育制造业亟待转型

作为体育产业的两大重要支柱之一，体育制造业近几年在国内发展得比较成功。相关资料显示，目前我国已经拥有全球 65% 以上的体育用品生产份额，其中运动服装、运动鞋占世界份额高达 80%。在一定程度上，视国内企业为世界体育用品的制造中心当不为过。在国际经济一体化潮流中，李宁、安踏等以服装、鞋帽为龙头产品的国内体育用品制造商通过参与大型国际赛事或者谋求与世界知名体育组织、团体、运动员的合作将产品打入国际市场，不断扩大其规模和影响力。与体育用品、运动设备加工与制造相关，运动场馆的建筑业在奥运会、亚运会等一些国际赛事的带动下也得到了拉动与发展。

然而，作为从传统制造业中脱颖而出的体育制造业，如何实现资源配置的优化与品牌的战略转型最终做大做强，是亟待业内人士思考和解决的问题。相对于欧美等世界体育用品制造强国而言，中国迫切需要培育一批具有国际竞争力的体育骨干企业和企业集团，形成一批有中国特色和国际影响力的体育产业品牌。唯其如此，国内体育制造业才能满足体育爱好者对于相关产品的需求，同时给自身创造丰厚的利润。相应地，国内居民人均体育消费才能逐步增加，并最终实现体育产业增加值在国内生产总值中所占比重不断提高。

体育服务应作为发展重点

相比之下，体育服务业更为任重而道远。作为一项朝阳产业、绿色产业、健康产业，体育服务业的内涵相当丰富，基本涵盖了传统视域中的竞技体育服务和不断走进百姓生活的社会健身体育、休闲体育以及新生的体育经纪、体育培训、体育旅游和公共体育场馆服务等。

北京奥运会、广州亚运会等大型国际赛事先后成功举办，国内相继建设了一批现代化体育场馆。这些场馆在基础设施、周边配套等方面均按照国际标准进行设计施工，在承办赛事的过程中也着实发挥了预期的功能。然而，毋庸讳言，在"后奥运、后亚运"时代，它们只承担过意大利超级杯、中国网球公开赛、巴塞罗那热身赛等短期赛事或商业比赛，其作为国际一流体育场馆的魅力并没有得到充分施展，远未达到物尽其用的状态。因此，设法进一步增加像"鸟巢欢乐冰雪季"、"鸟巢海洋沙滩节"这种大型群众娱乐健身活动，以提升场馆的使用率是当务之急。

但是，仅仅将现代化体育设施用于普通大众显然不够，尽可能长期承办高水平的体育赛事无疑会更好地体现出这些场馆的价值。问题是，当前除三大球、乒乓球、围棋等项目，国内鲜有规模较大且持续时间较长的正规比赛。究其根源，还是因一些中小型体育项目缺乏普及度和影响力所致。

近几年，中国在一些冬奥项目和非奥运项目上取得了不少进步，女子冰壶、女子国际象棋、台球等运动队在国际赛事中的成绩较为突出。不过，这些运动在国内的普及程度远不及足球等体育大项或是乒乓球这样的体育强项，也就很难打造如CBA、乒超这种体系完善、制度健全的联赛。所以，业内人士应设法培养出更多专业的体育服务人才。尤其像高水平的体能教练和医疗师、单项技能教练、录像分析师、心理辅导师这些专项人才，更需重点培养。如此，才能建立更多规范且专业的运动队，进而使这些中小型体育项目走向职业化、商业化，以扩大其普及度与影响力。至于体育经纪、体育培训、体育旅游等领域距离形成具有相当规模的国民经济产业还有很长的一段路要去探索。

2011 年 11 月 29 日

莫以金牌论英雄

　　据国家体育总局相关人士透露，今后对各级体育部门官员进行考核的评价体系将从竞技体育更多地向群众体育倾斜，"金牌考核"将率先从一些发达地区逐步淡出。也就是说，在未来，衡量一名中国体育官员是否优秀的标准将不再是"唯金牌论"。

　　从 1932 年那支只有刘长春一名运动员在内三人代表队到 1984 年许海峰成为首位站上奥运会冠军领奖台的中国人，中国体育从业者整整为之奋斗了 52 载。自 1984 年以来，中国体育取得了长足的进步，共计在 7 届奥运会中收获 163 枚金牌、117 枚银牌及 106 枚铜牌。其中，由 2000 年悉尼奥运会到 2008 年北京奥运会，中国队更是实现了从金牌榜第三至第一的突破。特别是 2008 年，中国代表团首次将单届奥运会摘得的奖牌数提升至 100 枚。不仅如此，在亚运会、残奥会等国际大型体育赛事中，中国队同样展现出极强的竞争力。

　　金牌是最适宜于量化的竞技体育硬指标。这就使得不少各级体育部门长期以来形成了"唯金牌论"的倾向。毋庸置疑，在"金牌考核"体制的推动下，中国运动员不断提升着自身在多项竞技体育赛事中竞争冠军的实力。当金牌一次又一次地被挂在运动健儿们的胸前，中国业已成为当之无愧的"金牌强国"。相当长一段时期以来，金牌近乎成了国人心目中"发扬国威的道具"。北京奥运会上，中国在金牌数量上成功超越了美国。

然而，无论是国人还是外媒始终无法淡定地承认中国是"体育强国"。因为，金牌数绝对不是衡量一国体育发展水平的唯

一指标。随着体育事业的不断发展，"唯金牌论"的观念开始出现变化的迹象，"金牌考核"更渐至为人所诟病。

尽管当前中国体育争夺国际重要赛事奖牌的能力已十分突出，但其优势基本还是集中于乒乓球、跳水、羽毛球、体操和举重等项目。相比之下，备受关注的三大球、田径、游泳等大项，中国在整体水平上仍与世界强手存在不小差距。同时，在远离金牌光辉的很多冬奥项目上，其普及程度成为我们不能言说的伤痛。虽说中国在女子短道速滑、花样滑冰、自由式滑雪和女子冰壶这几个项目上具备世界一流水准，但这些运动于国内远未普及并产生广泛的社会影响。此外，在台球、棋牌等非奥运项目中，中国可以说不乏丁俊晖、侯逸凡、常昊等国际一流选手。不过，这些运动于国内的普及更多是出现在娱乐范畴，真正从竞技体育的角度来看，其远不如跳水、乒乓球等奥运金牌大项那般受到关注。更有甚者，在"金牌考核"等固有观念的拘囿乃至误导下，我们一面领略中国体育于诸多大型国际赛事傲视群雄及其所带来的"大国崛起"的兴奋，同时也不得不尴尬地直面相继爆出的诸如年龄造假、兴奋剂服用等负面或者有争议的新闻。除了专业领域，国内群众体育事业的发展近几年虽办得有声有色，但仍有提升的空间，全民健身运动有继续扩展的必要。全民健身活动的全面开展亟需各级政府、体育部门及相关从业者转变竞技体育"金牌考核"的观念而给予重视。

在"金牌考核"逐渐消解的同时，新的考评体系才能得以重构。唯其如此，中国体育事业才能突破狭隘的视野和发展的瓶颈，迎来全新的局面。

　　淡化"金牌考核"将在相当程度上给各级体育主管部门、领导减轻了成绩压力，使他们得以将更多工作时间和精力投入到强化、发展一些根基尚未稳固，但非常有影响力和发展前景的项目中去，进而全面提升中国体育在世界范围内的竞争力。作为世界第二大经济体和体育大国，在目前还没有形成维持和推进普通民众健康的体育土壤的前提下，"金牌考核"的淡出势必引导体育主管部门和官员将更多地关注群众体育事业。此外，在逐步淡化"金牌考核"的同时，"唯金牌论"势必也将被打破。这能够有效引导竞技体育从业者放平心态，杜绝因急功近利而出现舞弊现象，进而以正确的方式投身到这一行业。

　　以往，中国体育在世界赛场上处于劣势。经过无数从业者不断地探索、改进、奋斗，其终以令人惊叹的速度超越诸多强手，成为世界顶尖"金牌大国"。然而，要想更进一步，真正转向"体育强国"，中国体育人尚需付出更多的努力。强化发展弱势项目，普及冬奥及非奥运项目，杜绝急功近利现象，全面扩展群众体育，这些正是中国体育事业在转变固有观念、重构评价体系之后良好的开端。

2011 年 12 月 6 日

"喜羊羊"何以能保持高涨人气

继《牛气冲天》《虎虎生威》和《兔年顶呱呱》后，《喜羊羊与灰太狼》贺岁剧场版系列第四弹——《开心闯龙年》即将在全国各大影院火爆上映。转眼间，这部由广东原创动力文化传播有限公司出品，以六只羊和两匹狼为主线剧情的国产原创动漫已问世长达六年之久。其中，贺岁剧场版系列也已加入近四年。在相对并不成熟的国内动漫市场，"喜羊羊"为何能长期保持如此高涨的人气呢？

国产动漫市场处境尴尬

中国历史上的第一部动画作品《大闹画室》诞生于1926年。作品只是简单描述一个画家在画室作画时，从画板上突然跳下一个淘气的小纸人，在画室里大闹的场景。然而这部作品引起观众极大兴趣。究其原因，莫过于当时人们根本没有接触过动画。

作为一项新兴事物，《大闹画室》在当时为人津津乐道自然在乎情理之中。随着社会的发展，国内青少年的知识储备量乃至思维成熟度均远非同期的 50 后、60 后，甚至是 70 后和 80 后所能比。他们早已对这类剧情简单到有些幼稚的作品失去了兴趣，仅仅靠一句"好玩儿"根本不能满足其对动漫产品的要求。谈及国产动漫，人们还会联想到《大闹天宫》《宝莲灯》等动画电影，或《葫芦兄弟》《黑猫警长》等动画短片。不难发现，国产动漫缺少体制宏大，能够长期连载且具有影响力的作品。近几年，《蓝猫淘气三千问》《大头儿子和小头爸爸》等长篇动画相继问世，其寓教于乐的风格也一度颇受好评。但是，这些作品所共有的瑕疵——剧情简单化，最终导致其受关注程度与市场号召力难与《喜羊羊与灰太狼》颉颃。

此外，随着电视、网络等各种信息渠道日益普及，人们的视野已不再拘囿于国内，《变形金刚》《火影忍者》等享誉世界的动漫经典不断涌入中国。这些作品通过扣人心弦的主线交织复杂多变的支线，成功实现长篇连载，同时渗透以正确的人生观、道德观、价值观等引导青少年健康成长的积极元素，满足了国内受众改善动漫剧情、思想渐染等多元诉求。因此，海外动漫得以凭借近乎压倒性的优势吸引了中国漫迷的眼球，以"哄小孩儿"为目的的国产动画则只能供学龄前儿童娱乐。

喜羊羊运营模式可资借鉴

在这种情况下，《喜羊羊与灰太狼》的横空出世无疑具有划时代的意义。该作品于一夜之间迅速蹿红并历经六年长盛不衰，在一定程度上反映了国产动漫在当下发展的走势，同时也为这项文化产业提供了可资借鉴的运营模式。

《喜羊羊与灰太狼》以灰太狼不断尝试去羊村抓羊为主线，分割为一个个小型场景剧，确保了作品的延续性，这在很大程度上借鉴了美国经典动漫《猫和老鼠》。与此同时，作品又加入很多假想元素，从而保证了剧情的丰富性，这又在一定程度上汲取了日本动漫长篇《哆啦A梦》的艺术养分。《喜羊羊与灰太狼》在坚持原创的同时，对诸多海外作品成功元素的吸收，促使其突破了国内动漫固有的创作模式。"喜羊羊"的拥趸已绝不仅限于学龄前儿童，这对于此前处境尴尬的国产动漫而言，无疑是一次令人振奋的重大突破。

更为重要的是，《喜羊羊与灰太狼》是一部真正做到产业化的动漫作品。该产品不仅长期推出电视版，还成功制作剧场版系列，进而不断拓展受众范围并扩大市场影响力，这在国产动漫史上尚属首例。同时，与"喜羊羊""美羊羊""灰太狼""红太狼"等动漫形象相关的书籍、音像制品、玩具、服装、饰品等周边商品更是层出不穷，涉及种类及销量均远非国内同类产品所能企及。特别是三部剧场版，共计取得高达 2.68 亿的票房收入，堪称国产动漫经营方面史无前例的壮举。凡此种种，都与不少海外动漫经典作品的成功之处不谋而合。毋庸置疑，《喜羊羊与灰太狼》的经营策略和当今国际主流动漫产业发展的模式相吻合，该作品正行进在一条正确的文化产业化的康庄大道上。

长期以来，国产动漫一直因剧情单调且缺少商业运作而深陷普及度、影响力不足的窘境，甚至沦为国内很多漫迷的"鸡肋"。《喜羊羊与灰太狼》的成功不仅为这块市场注入了活力，也为同类产品发展探明了方向。或许，该作品正是国产动漫实现飞跃的第一步。

2011 年 12 月 13 日

评书艺术寻求网络之变

盘古开天地，地久天长，长话短说，说古论今……这是中央电视台一档名为《电视书场》栏目的开篇主题曲。20 世纪90 年代中后期，这档评书栏目曾红遍大江南北。然而，近几年该栏目及评书本身均在渐渐淡出人们的视野。

作为中国传统曲艺表演的一种，评书有着悠久的历史。但是，其在早期呈现出的形式与现今大为不同。据相关资料记载，传统评书由表演者身着传统长衫，端坐于桌案之后，手执折扇和醒木，对魏蜀吴历史、梁山泊故事进行说演讲评。由于说书人所处地域不一，评书通常带有鲜明的方言特色，被看成方言文化的一部分。

现代评书的两次蜕变

新中国成立后，评书的形式随之发生变化。表演者穿着的服装款式不再相同，演说时也不再固定配有桌案、折扇和醒木等道具。随着普通话的推广与普及，表演者的语言也变得相对统一，方言尽管仍被作为对一些特定人物进行刻画时的专业技巧使用，却已不再是评书的常规讲说语言。正因道具和语言的变化，评书表演的方式更加新颖灵活。借由广播电台录制，评书开创了基于录制面向全国各地同时播放的全新局面。从早期的茶楼酒肆走进录音棚，从数十名听众围坐于前到通过电波传遍天涯海角，评书艺术完成了一次蜕变。

　　随着社会现代化程度的提高，电影、电视剧等更为直观的表演形式迅速升温，成为人们在茶余饭后娱乐休闲的新宠。与

之比较，评书在形象性上差了很多。但是，辽宁电视台的一次创新举措使得这项文化瑰宝获得了新生的契机。1985年，他们邀请著名评书表演艺术家田连元录制长篇评书《杨家将》，尝试将评书搬上荧幕，开创了电视评书的先河。由于田先生在作品中加入大量的动作及丰富的表情，对人物进行深度刻画，《杨家将》红遍全国，甚至一度出现万人空巷的盛况。之后，中央电视台开播《电视书场》栏目，田连元、单田芳、刘兰芳、袁阔成等艺术家的经典作品也悉数进入广大观众的视野。同时，各地方电视台也相继开设评书专栏，评书艺术在荧幕时代借力上位，达到了又一个高度。

当评书遭遇网络

广播拓宽了评书的传播空间，而电视弥补了评书视觉上的不足。然而，经历两次蜕变与新生，评书这项中国传统曲艺为什么在当下呈现出日趋凋零的趋势呢？

随着网络时代的到来，获取信息的渠道宽广到被人视为"高速公路"，相应地，人们拥有了可供选择的更多娱乐方式。此前，简单而质朴的生活所具备的曲径通幽美感，在一夜之间为往古来今、天地四方的宏阔视野所取代。在朝九晚五的快节奏生活中，每集20分钟，动辄需要持续收听或者收看一年半载的长篇评书自然很难适应网络时代的受众需求。对于评书而言，网络带来的冲击显然比荧幕要大得多。

　　不过，这并不代表这项文化瑰宝将就此退出历史舞台。问题在于，评书何时、怎样才能迈出如当年《杨家将》走进电视屏幕那样具有开拓性的一步？ 2004 年，单田芳曾在雅典奥运会期间做客北京电视台，播出《书评奥运》节目，每日品评一位奥运健儿，颇受好评；2006 年春节期间，田连元为中央电视台的《法治在线》录制特别节目——《评书说案》，以评书结合视频的新形式讲述经典案例，令人耳目一新；此后，田老师又成功推出教育类作品《大话成语》，以每集 10 分钟，讲解两三个成语的方式播出，同样反响热烈。上述具有开拓性的尝试证明，如果在题材内容的选择与安排上与时俱进，并且找到与新兴媒体互相生发的契合点，评书艺术的市场前景仍旧十分广阔。

　　作为中国传统文化艺术瑰宝，评书与相声、戏曲一样，正在不断经历着时代带来的考验。但是，就像从茶馆到录音棚再到电视台那样，评书本身也在不停地寻求创新，进而跟上时代的步伐。正因如此，网络时代的评书势必会继续行进在这条探索之路上，直至重塑辉煌。

2011 年 12 月 20 日

经典剧目翻拍需更多创新

从新《红楼梦》再到新《玉观音》《永不瞑目》，直至新《还珠格格》，近些年国内电视剧的翻拍现象可谓屡见不鲜。其中，许多经典剧目更是被多次重拍。这些被翻拍的作品有何特点？重拍有何意义？

翻拍的共性

仔细观察不难发现，大部分有过被翻新经历的剧作都具备以下特点：一是剧本原为长篇小说，即该剧第一版就是根据小说改编而成；二是原著在国内具有极大的影响力，通常被普遍认定是其他同类作品难以超越，甚至比肩的经典；三是这些电视剧的初版及其原作的受众范围十分广泛，基本能够达到雅俗共赏、老少皆宜的标准。因此，被翻拍的作品确实存有共性，这也成为其一次次被推陈出新的根本条件。

重拍的诉求

既然前人已将这些小说改编成了电视剧，为什么还要将其进行翻拍呢？不难发现，大多数被重拍的作品的初版拍摄条件相对简陋，这些剧作的视觉效果很难满足当代观众的欣赏标准。特别是诸如《射雕英雄传》《西游记》等动作场面较多的作品。利用现代高科技手段将其进行翻拍，可以大幅提升剧作的观赏性。

另外，随着信息化时代的到来，人们在业余的休闲方式变得多种多样，网络、影院、DVD 都能满足其视觉需求，美剧、韩剧更是纷至沓来。在这种情况下，普通的国产影视剧已很难使受众体于每晚的黄金时段坐到电视机旁。但是，这些老片都曾经过岁月的洗礼，比起一部原创新剧更易于为不同时代、不同阶层的观众所接受。如此一来,作品推出后,势必会在受关注度、收视率、经济效益等方面得到基本的保障,市场风险也就远比其他同类影视剧小得多。正因如此,经典剧作翻新有其明确的目的性。

重拍的问题

尽管翻拍经典老片有一定的必要性,但这些"新作"也存在硬伤。其中,最主要的一点便是因为剧本自身为文学名著,致使改动空间较小,进而造成新剧缺乏足够的创造力。所以,除了视觉效果提升,人们很难对作品感到耳目一新。

此外,老版剧作中,老一辈演员经过不懈的努力及反复尝试,将很多重点角色都刻画得栩栩如生,给人们留下了无比深刻的印象。例如鲍国安扮演的曹操、六小龄童扮演的孙悟空、赵薇扮演的小燕子,都已经使受众体产生了先入为主的印象。于是,当新剧推出后,观众会很直观地将剧中的角色同老版进行对比。但是,由于新剧中的一些演员对角色的理解不够,未能很好地刻画出人物的性格,这直接导致重拍后的作品褪色不少。那么,该怎样解决这些问题呢?

翻新的途径

电视剧最核心的元素应该是剧本和演员。在剧本依托于经典小说与老版作品的基础上，演员便成为剧作成功与否的关键。因此，想要使翻新的剧作被观众认可，新演员需更为深入地了解作品，以求加强对其扮演的角色的性格、气质等方面的刻画。同时，相关从业者也应在重拍作品时，对一些重要角色的扮演者进行更加细致、合理的挑选，进而提升翻拍质量及好评率。

除了这一点，2007 年，《新上海滩》一度红遍大江南北。因为该剧并非依托于文学作品，而是由香港无线电视台（TVB）制作完成。所以，新作中得以在保持主线剧情基本不变的基础上，适当加入新元素，取得了一定成功。这说明，国内电视剧翻拍若想更好地进行下去，改变重拍对象也是一个不错的选择。

1958 年，北京电视台（中央电视台的前身）播出了中国第一部电视剧——《一口菜饼子》。此后的数十年间，一部部令人难忘的影视剧相继被搬上荧幕，并给人们留下了许多美好的回忆。如今，越来越多的经典剧作被翻新再造，也取得了一定成功。但是，重拍的作品若想真正达到，甚至超越老版的高度，则还需要进行更多的创新。

2011 年 12 月 27 日

假日经济刷新消费指标

很快，一年一度的春节即将到来。作为国内最重要的节日，春节不仅给漂泊于各地的人们提供了阖家团圆、共享天伦的平台，同时也成为带动市场消费及经济发展的重要契机。目前像这样的假期在中国并不只有春节，国庆节、劳动节、中秋节等节日也均在一定程度上促进着"假日经济"的发展。

度假方式转变带动市场消费

20 世纪 80 年代，国内并无太多法定假日，最长的春节不过只有 5 天假期。那时候，由于大多数人的经济条件相对有限，且消费市场不够发达，每逢节假日，很多人都会选择留在家中，或去距离较近亲朋好友处串门，而缺乏足够丰富的度假方式。至于一些身在外地的学生与务工人员，更是常常因交通不便而放弃与家人团聚。但是，进入 20 世纪 90 年代中期后，随着国内经济状况及生产力的明显改善,国民生活水平得以大幅提升。在这种情况下,为满足人们在社交、娱乐等方面的需求,法定假日逐步得到增加,非但每个周末改为双休日,春节、国庆节和劳动节的假期也相继延长至 7 天。

生活条件的改善及假期的延长,使得人们逐渐走出家门,寻求其他休闲、度假的方式。具体来说,这主要包括四个方面。第一,餐饮类消费。国内人均收入不断提高,导致很多人在假期放弃亲自下厨,而是举家步入餐馆,品尝美味佳肴。后者也顺应时代潮流,通常均会于节假日照常营业,致使许多饭店都

出现过食客爆满的现象。第二，购物类消费。与餐厅、饭店相比，商店和超市的销售业绩可谓有过之而无不及。他们通过打折、减价、反馈、赠品等促销方式，将顾客吸引进门，致使其呈现出大幅盈利、供不应求的局面。第三，娱乐类消费。除了餐饮与购物这样的日常休闲，精神享受也渐渐成为一部分人在假期的主要选择。于是，各大剧院、电影院、体育馆等公共场所的收入开始较过去同期呈明显上升趋势，不少票房纪录更是被不断刷新。第四，旅游类消费。由于几个"黄金周"的诞生，外出旅行观光也成为人们的一种度假形式。近几年，各地旅游景点及铁路、航空等运输客流每每在节假日达到高峰，证明节假日外出旅行已逐渐于国内普及化。

上述四种带有普遍性的度假方式，使人们在假期的生活变得丰富多彩，同时带动了国内市场消费及经济发展——"假日经济"这一新兴的经济模式也随之应运而生。但是，假期增多后，也随之滋生出一些新问题，如买票难、外出旅行环境较差等，使得很多人的度假质量打了些许折扣。

统筹规划提升产业文化内涵

怎样才能使假期相关措施变得更加完善呢？

想要使人们在真正意义上享受假期带来的快乐，相关从业者就必须对节假日的各类服务采取全方位的统筹规划，实现配套改革并引导人们树立科学、合理、绿色的度假意识。具体来说，可分为三个步骤。首先，需要加强节假日的客流运输工作。一方面可以设法增加航班及车次，以满足更多旅客的需求；另一方面则应尝试开发新兴的交通工具，进而避免大量客流集中的现象。其次，各地的旅游服务业也存有改善的空间。例如可以让旅行团之间尝试信息共享，同时与旅游景点保持互动，使其对每个假期、每日，甚至每个时段实施游客上限，以便有意识地将旅客尽可能分散。最后，不论餐饮、购物、娱乐还是旅游业，商家都应设法在其经营的项目中，加入一些迎合所处节日的相关文化元素，从而使人们在休闲、娱乐时感受到更为浓重的节假日气氛，且提升自身产业的文化内涵。总之，如果假期相关服务环节有所改进，能够在解决人们休假面临的问题的基础上，打造有合理化规则及成规模、成体系的度假模式支撑的"黄金假期"，势必会更好地保证"假日经济"持续、良好的发展。

近几年，"五一黄金周"被取消，取而代之的是包括清明节、端午节、中秋节——这三个中国传统节日及五一国际劳动节在内的四个"小长假"，分别为期 3 天，这就使人们度假的选择变得更为丰富。未来，在确保国内生产力不降的前提下，假期也应有继续延长的必要性，以求早日实现政府提出的"鼓励消费、扩大内需"的经济政策，进而带动国内经济，特别是"假日经济"的发展。

2012 年 1 月 16 日

央视春晚在变革

　　一年一度的春节假期过去了。在此期间，很多庆祝活动都给人留下了深刻的印象。这其中，春节联欢晚会更是备受瞩目。从 1983 年起，作为除夕夜的重头戏，央视春晚已经陪伴数亿观众走过整整 30 年，给无数人带去了欢乐和祝福。仔细观察不难

发现，不断见证时代变迁的同时，央视春晚自身也在寻求变革。

贴近百姓·寻求创新

其实，早期的央视春晚可以被看作是一台大型综艺表演，基本以歌舞类及相声、小品等语言类节目为主。内容方面，歌舞类主要是能被大多数人接受的流行乐，以及一些能够抒发人们爱国情结的作品，如《难忘今宵》《思念》《父老乡亲》《我的中国心》等；语言类则多为对某人物、场景或事件的描写，如《虎口遐想》《五官争功》《相亲》《超生游击队》等，皆是其代表作。

进入 20 世纪 90 年代，春晚逐渐开始寻求转变，节目也越发注重贴近百姓。《辣妹子》《说句心里话》等反映百姓及军旅生活的作品迅速蹿红大江南北，成为流行乐之外又一种备受好评的歌舞类表演；语言类则增加了一些描写当时社会现象方面的作品，且相声与小品在表演形式上也开始尝试进行结合，《打扑克》便是其中的代表作。这说明，经历了最初几年的摸索，央视春晚渐渐走进人民群众的生活，舞台表演也越来越写实，这就很好地确立了其在观众心目中的地位。

走出去·请进来

随着时代不断进步，人们的业余生活变得更加丰富。在这种情况下，央视春晚也尝试与时俱进。首先，晚会开始邀请港台明星加盟。刘德华、黎明、张惠妹、容祖儿等港台顶级歌手相继亮相，不仅满足了广大追星族的需求，也完成了对节目种类的拓展。其次，晚会还请来一些体育明星客串，同时将很多收视率较高的影视剧及电视栏目中的一些元素加入到作品中，使得春晚语言类表演得到进一步创新。特别是由李宁、李小双等运动健将参与的《宇宙体操队》，赵丽蓉在《老将出马》中演唱的《我心永恒》，赵本山、宋丹丹联手崔永元演出的《昨天　今天　明天》，都曾给观众留下较为深刻的印象。另外，不少戏曲类节目也被纳入到春晚的行列中，使其爱好者能够一饱眼福。不知不觉间，春晚的节目内容不断丰富和拓展。

春晚真正迎来较大变化是在 2005 年。当时，央视提出"开门办春晚"的大胆革新策略，通过众多渠道面向全国及海外征集节目。至此，众多来自民间的优秀作品得以登上春晚舞台。这不仅使晚会与百姓的距离变得更近，同时也让观众感到耳目一新。其中，邰丽华领衔表演的《千手观音》与旭日阳刚演唱的《春天里》反响尤为热烈。另外，随着信息化时代的到来，央视春晚也更加贴近时下热门话题。网络语言、电话咨询、奥运会、购房、拍客等时髦现象，以及敬老爱幼、见义勇为、物归原主等传统美德相继被加入到节目中，引起外界广泛好评。同时，晚会还吸纳了魔术、杂技、民族舞等新节目，表演形式也更加多样化，更具创造力。凡此种种，都证明了春晚蜕变的成功。

以民为本·坚持求变

那么，在未来几年里，春晚应该如何发展呢？此前，央视已经先后创办了《星光大道》《我要上春晚》等栏目，且将其中的一些民间作品选进春晚。接下来，诸如此类的综艺节目应更多承担起替晚会选材的使命，以求给普通百姓提供更多参与的机会。另外，在歌舞类、语言类等传统节目中，春晚还应延续贴近大众的风格，尽可能多去歌颂、描写群众感兴趣且与之息息相关的话题。此外，央视春晚还应进一步利用网络资源，并尝试邀请一些国际明星加盟，以使晚会不再局限于"中国人过春节"——这一主题，进而扩大其自身的影响力。如此，春晚将有望翻开新的一页。

1983—2012 年，央视春晚从单纯的综艺晚会一点点寻求改变，逐渐成为千家万户在守岁时必不可少的一道风景线。随着时代不断变迁，春晚也势必会继续创新，以迎合广大观众的需要，其变革还远远没有结束……

2012 年 1 月 31 日

官渡之战与当代商业竞争

"商业竞争与战争相同，也是人类利益冲突之一。"德国军事战略学家卡尔·冯·克劳塞维茨的这句名言在揭示商业竞争所具备的近似于战争的残酷性质的同时，也为当代商业竞争从战争，尤其是经典战役中汲取某些可资借鉴的策略开辟出思路。

官渡之战是三国时期乃至中国军事历史上最为经典的战役之一。这场战役毫无疑问改变了当时中原的格局，对后来天下三分起到了推动作用。战争的胜负首先取决于交战双方军事实力。然而，当曹操以少击众、以弱制强并最终大获全胜的时候，其取胜之道足以引发后世至今人们不断的探讨与深思。在今天这个商场如战场的时代，商业竞争理论上与战争之间存在的某些共性或者说相似的规律，赋予了官渡之战在商业竞争日趋激烈的当代社会另外一抹耐人寻味的色彩。

曹操当推官渡之战的核心人物。战争未始，他打出"奉天子以令不臣"的口号，在政治上占据上风；战争伊始，他先后奇袭白马、乌巢两处军事要塞，斩杀袁绍大将颜良、文丑，焚烧敌方军粮、辎重无数；战争的结局是兵力不足万人的曹操军事集团力克在群雄中占有绝对优势的、拥有十万精锐的袁绍。官渡一役后，袁绍病亡，曹操则乘胜追击，先后击败其继承人袁尚及长子袁谭，历时七年，终于攻克冀、青、幽、并四州，彻底消灭袁氏家族，统一了中国北方。官渡之战是曹操奠定自己历史地位的重要转折点。当然，在一定意义上也是曹操成就了官渡之战。

不过，探寻曹操以少胜多、以弱制强的更深层的原因，成就了官渡之战的关键与其说是曹操，毋宁说是曹操的用人之道。在人才辈出的三国时代，这次被载入史册的经典战役也经由曹操的提携与任用浓墨重彩地推出了诸多让世人耳熟能详的人物。

荀彧作为曹操早期最为重要的谋士之一，认为"以至弱当至强，若不能制，必为所乘，是天下之大机"。荀彧对于战争走向的准确判断及战争结果的正确预估，成为曹军获胜的主要原因之一。曹操听取荀彧的建议，继续坚守，最终等到了战争的转折点并出奇制胜。郭嘉同样是在官渡之战中给予曹操决定性建议的重要人物。曹操听取了郭嘉的建议，没有分兵许昌抵御孙策，而是全力在官渡对抗袁绍。最终，孙策果真被刺身亡，曹操也得以击败袁军。许攸是改变官渡之战局势的最直接人物。身为袁绍谋士的许攸因不得重用，一怒之下转投曹操，随即提议突袭乌巢，切断袁军的补给。曹操听从许攸的建议，成功扭转局面，且一举掌控战争的主动权。曾依附于张绣的贾诩，先是建议张绣率军降曹，继而又为曹操点出其顾虑太多，不够果断的不足，使后者及时改变了战略，进而击退强敌。一次被载入史册的经典战役使很多人物达到人生的新高度。这并非偶然，而全在于曹操的用人之道——广纳人才、人尽其才、才尽其用。相比较而言，刚愎自用、上下失心的袁绍军事集团作为战争的另一方恰恰于此多所缺漏，终至全面溃败。

从这个意义上说，不同层次、不同领域、不同背景的人才同样是商业竞争中的核心力量。若说商业竞争的结果是某种利益竞争的话，那么商业竞争的过程则是一种资源比拼。这种资源在历史上有多种外延，可能是某种无形的身份特权，也可能是非常具体的土地、资金乃至其他。不过，当代商业竞争过程中的资源则只能是人才。人才是知识、技术、理念等多层内涵的载体，是社会发展过程中最有潜力的生产力要素。当代商业竞争的实质就是基于某种利益竞争的驱动而展开的知识竞争、技术竞争、理念竞争，即人才竞争。

回望弥漫历史风烟的官渡之战，依稀看见曹操在广纳人才、察纳雅言的同时就已经决定了其作为战争获胜一方的必然性。反观当代的商业竞争，即便不视其为一决雌雄而后快的"商业战争"，人才的引入、管理、培养、任用也是博弈和角力过程中商业得以良性、高效、可持续发展的根本。

在2011年，如果处在竞争漩涡中的商业企业还在艳羡着日立、松下、家乐福的话，那么在刚刚打开画轴的2012年，是否可以将这种艳羡落实在用人之道上呢？或许就在此刻中国版的苹果、微软、沃尔玛正在孕育。

2012年2月8日

诸葛亮与当代职业人从业智慧

当今社会正处在高速发展阶段，各类职业人都面临相当大的工作压力，不仅难以确保自己的才华能够得到施展，即便要站稳在职场中的位置也不再容易。在这样一个竞争激烈的时代里，怎样于职场稳扎稳打以期有所成就，尤其成为初涉职场的年轻人思考和亟待解决的问题。

作为三国时期最为杰出的政治家之一，诸葛亮凭借其非凡的才智由躬耕南阳的一介布衣"华丽地"转型为蜀汉丞相，其青云直上的经历能够为如今初涉职场的人们提供哪些可资借鉴的经验呢？

诸葛亮最先给我们的启示便是服从安排。据《三国志·诸葛亮传》记载，赤壁之战后，失利的曹操引兵退回邺城，刘备趁机夺取荆州。方此之时，刘备虽在执行诸葛亮为其作出的战略规划，却没有委以这位总策划人一线任务，仅仅任命其为军师中郎将，"使督零陵、桂阳、长沙三郡，调其赋税，以充军实。"

到了公元 211 年，刘备率兵进攻益州，诸葛亮又与关羽、张飞和赵云留守。之后，他虽同张、赵二人入川，但当刘备攻取汉中时，升至军师将军的诸葛亮依旧长期镇守成都。也就是说，刘备在坚定不移地按照《隆中对》来发展蜀汉集团的同时，却始终只是安排诸葛亮从事幕后工作。

作为蜀汉集团的战略规划师，诸葛亮能够欣然接受后勤、运输这种"执行性质远超决策性质"的带有蓝领意味的职务，说明他确实对于自己的工作有很清楚的认识。第一，诸葛亮明白，坐镇后方，调集军需虽不是很露脸，却同样十分重要，这将直接关系前线稳定与否。所以，他才能圆满地完成这项任务，使前方的蜀军"足食足兵"。第二，诸葛亮更清醒地认识到其作为集团内部的一块拼板，怎么使用应该由老板来决定，而如何尽可能施展自身才华，进而将分内工作做到最好，才是其身为员工需要考虑的事情。因此，诸葛亮的经历告诉我们，在职场打拼的过程中，需要分清任务重要性与是否风光之间的关系，同时应该由衷服从并积极贯彻老板的意图，完成分内的工作。这样一来，或能加大自己于职场立足以求长远发展的概率。

另外，诸葛亮的成功还给后人提供一个启示，那就是虽然自己一直在做蓝领工作，却应该随时做好被推上前台的准备。据《三国志·诸葛亮传》记载，公元 208 年，诸葛亮就曾主动向刘备请缨，作为联吴抗曹的使者前往江东集团，且成功说服其核心人物孙权，进而促成孙刘联盟。公元 223 年，刘备在夷陵兵败，弥留之际将蜀汉集团尽皆托付给诸葛亮，且令太子刘禅以父事之；刘禅即位后，"封亮武乡侯，开府治事。顷之，又领益州牧。政事无巨细，咸决于亮。"不难发现，诸葛亮在被刘备收入帐下后，两次于蜀汉集团最艰难的时期站出来助其渡过危机——这中间相隔整整十五年光阴。

其实，细细想来，诸葛亮两次临危受命之间不无关联。首先，诸葛亮在其《隆中对》中，就曾力主联吴抗曹，且当时又是刘备身边为数不多的谋士，出使江东集团这一重任交给他自然最为合适。其次，正因为诸葛亮很好地完成联吴使命，使得刘备留下了其堪当大任的印象。加之诸葛亮于此后十五年时间里总管后方，始终确保蜀汉集团大本营的稳定，最终促使刘备在临崩前将其认定为托孤大臣。正因如此，诸葛亮的上升历程证明，身为一名奋斗于职场的职业人，在被委以重任之前或许我们更需要潜隐修炼内功，提升自己的实力。关键时刻，方能临危不乱，自信从容。纵使无法立即脱颖而出，也能在韬光养晦的自我磨砺中等待闪亮登场的契机。

随着时代的不断进步，未来中国势必会涌现出越来越多的高素质人才。于职场立足并寻求进一步发展的机会，必然是每一位职业人不懈努力的目标。届时，他们之中又有多少人能像诸葛亮那样功成名就呢？

2012 年 2 月 29 日

真相只有一个

"真相只有一个"——这是著名漫画家青山刚昌的成名作——《名侦探柯南》中主人公柯南的一句名言。

《名侦探柯南》自 1994 年在日本漫画周刊《周刊少年 SUNDAY》连载以来，历久不衰，堪称动漫界的一大奇迹。特别是柯南所代表的不畏艰难，勇于探索，追寻真相的执着精神感动了无数粉丝。"真相只有一个"正是这种精神的具象化表征。其实，当我们仔细思考后就会发现，这句话不仅仅为人们在现实生活中提供了寻找、发现并解决问题的坐标，更在精神的深层次促使这部漫画成为经典。

寻找并发现问题的核心

在竞争激烈、压力繁重的时代里，每个人都会于日常生活中遇到各种各样的问题。它们大到能够左右团队或个体的命运，小到一个狭小空间内的柴米油盐酱醋茶，无时无刻都在给人们的身心带去疲劳。如果不能及时处理好这些问题，人们便会感到无限的压力。"真相只有一个"则很好地说明，任何所谓的难题背后，往往都有且只有一个致使其出现在我们面前的核心元素。因此，若能找到该元素，我们就可以得到这个问题究竟是因何产生，接下来又会怎样发展等一系列答案，进而通过正确的途径和方式来将其解决。

那么，人们应该如何寻找并发现问题的核心所在呢？首先

需要做到头脑冷静。因为情绪上的失控会导致人们的思维变得狭隘，当然地认为自己看到的现象便是问题的全部，以至于忽略寻找并发现问题的本质。相反，如果我们能保持冷静，便具备了透过外表对问题进行深入探究的基本条件。另外，不论是怎样的难题，如果仅仅从一方面观察，人们每每会被其外表呈现出的现象牵绊，通常难以得到自己想要的答案。那是因为，这种观察方式过于片面，导致我们无法对问题进行全方位的了解。反之，若能由多角度来审视眼前的难题，则更容易找到所有现象之间的共同点，进而透过外表看到问题的本质。所以，保持头脑冷静且多角度审视外表现象，应是人们寻找并发现问题核心的上佳方式。回到《名侦探柯南》这部作品中，我们发现这种保持冷静的头脑进而寻找并发现问题的核心所在的能力正是在"真相只有一个"的信念的支配下柯南的魅力所在。

拓宽思路解决问题

问题的核心既已发现，却并不意味人们能顺利地将其解决。之所以会出现这种情况，很重要的一个原因便是其思维与行动过于程式化。不少情况下，我们总是对已经习惯的思考及行为逻辑持默认状态，不论遇到什么难题，都喜欢依靠自己最熟练的方式来予以应对。于是，当人们无法通过惯用途径解决问题时，往往就会本能地觉得困难超出了自己的能力承受范围，甚至认为该问题根本无解，进而产生纠结、烦躁等消极情绪。更有甚者，还会严重影响自己与他人的工作、学习效率以及生活状态。"真相只有一个"同样证明，很多棘手的问题每每只有一种最佳解决方法，却未必被我们熟知。正因如此，若能在习惯性思维与行动受阻时，有意识地跳出常规，方能找到解决难题的钥匙。

具体来说，面对一个待解决的难题，人们应该先对其进行细致入微地观察，而不是盲目行动，这样才能发现更多的应对途径。在解决问题的过程中，我们则需要始终保持足够丰富的创造力，有意识地通过自己不习惯的思考及行为方式对于自认为成功率较低，甚至不可能正确的途径进行尝试。同时，我们还要敢于对自己在最初阶段给一个问题进行的主观定义予以否定，这样才能及时使问题呈现出最真实的一面，从而避免自行添加假象、自我误导等被动局面。柯南正是如此拓宽思路，勇于尝试，才得以不断解决了最棘手的难题。

"真相只有一个"——这句经典台词不仅为深陷迷途之中的人们点亮一盏指路明灯，更是成就了一部红遍全球的漫画。迄今为止，《名侦探柯南》漫画单行本已出版 74 卷，TV 版 653 集，OVA 版 11 部，剧场版 15 部。可以说，基于漫画，"柯南"已经成功穿行于文字、图画、影像、游戏等诸多媒体领域。对于那些以"哄小孩儿玩"为最高诉求的动漫作品而言，如何在精神层面灌注以诸如"真相只有一个"这样的深刻思想才是寻求突破产业瓶颈的不二法门。

2012 年 2 月 21 日

从诸葛亮出山看当代就业智慧

随着信息化时代的到来，中国正逐渐进入高速发展阶段，各类人才层出不穷地涌现出来。然而，一个人才济济的时代注定充斥着极为残酷地竞争，"就业难"已经在不知不觉间成为莘莘学子在告别校园生活的同时，必须面对的全新挑战。

古往今来，怎样才能为自己找到立足之地并施展平生所学，是任何一位志在"戮力上国，流惠下民"的有识之士都在思考的问题。这其中蜀汉丞相诸葛亮当数其中思谋精纯而能有所作为的高士。作为中国历史上最杰出的政治家之一，诸葛亮凭借其非凡的才智帮助逆境中的刘备扭转人生轨迹，建立蜀汉基业，被后人大为传诵，成为后世中国知识分子顶礼膜拜的偶像。

谈到诸葛亮，就不得不说"三顾茅庐"这一典故。据一些文史学家分析，"三顾茅庐"实际并不符合事实，而是诸葛亮在多次同刘备进行互访，且深入交谈后，主动决定加入这个团队。但是，又有哪位满腹经纶的才子不希望自己有朝一日真的能被老板"三顾"呢？其实，在这样一个人才竞争的时代，行将步入职场的人们更应该将目光放到诸葛亮的就职智慧上，而非小说家一厢情愿地虚构出的主上礼贤下士的情节。

诸葛亮在就职方面最先给人以启示的地方是如何选择"老板"。不难发现，三国时期同样是一个人才辈出的年代。不过，尚未入世，又没有多少知名度的诸葛亮并未急于投入任何一方诸侯帐下，而是耐心地等待明主。但是，为什么诸葛亮理想中的"雇主"是当时落魄得只能寄居于新野小县的刘备呢？细细想来，莫过于以下三个原因：一是刘备拥有一个帝胄的头衔，且以兴复汉室作为奋斗目标，这符合诸葛亮的个人志节与信仰。二是彼时刘备虽已有关羽、张飞这样的大将，却鲜有谋士，特别是政治才华出众的高士，诸葛亮加盟后，能够使自己获得施展拳脚的机会。三则根据《隆中对》来看，诸葛亮预计刘备有机会夺取当时的战略要塞——荆州和益州，进而成就一番霸业。或许在诸葛亮眼中，刘备正是一位与其志同道合，且可以为其提供展示才华的舞台，同时又极具发展潜力的"老板"。事实证明，诸葛亮采取的避免盲目择业，而是在长时间观察职场形势后，根据自身条件寻找最适合自己发展的雇主——这一就职策略在当下颇具借鉴价值。

不过，这仅仅是诸葛亮作为一名就职者对于"雇主"的选择。从"老板"的角度说，刘备完全可以忽略这样一位完全没有工作经验的年轻人。那么，又是什么原因促使刘备无法拒绝诸葛亮呢？首先，志同道合同样是下属忠诚度的绝佳保障，刘备也需要与自己戮力同心之人，以求集团能稳定发展。其次，刘备身边的确迫切需要一名能够打理好集团内部事务的"大管家"，以求使集团在正确的道路上行进。最后，对刘备而言，诸葛亮于《隆中对》中所阐述的战略规划实在太有诱惑力：从联吴抗曹到以荆州为立身之本再到取益州建立基业，他使一个集团由逃命状态至称霸一方的奋斗方向清晰地呈现在"老板"眼前，深知这一战略可行性的刘备自然没有理由再将助其实现梦想的人才拒之门外。反过来说，诸葛亮在自己敲定理想中的"雇主"后，能够理智地衡量自己之于集团的作用与价值，同时对该集团及其市场前景、竞争对手都做到充分地了解，且给予老板极具操作性的发展建议，进而使双方一拍即合，不失为在就业竞争中打动"雇主"的上佳途径。所以，诸葛亮对于自己和"老板"双向选择的正确认识，应是其成功加盟刘备集团的核心元素。

激烈的人才竞争中，各行各业的雇主将更加看重有从业经历的员工。换句话说，2012年用人单位将更为谨慎、严格地挑选人才，求职者的就业难度也会进一步加大。那么，刚刚离开校园的栋梁之材们能否像诸葛亮那样，合理地物色适合自己发展的雇主，从而开启一段辉煌的职业生涯呢？

2012年2月21日

襄樊之战对现代企业管理的参透

在商贸日益繁荣的当下，各行各业的龙头企业层出不穷，越来越多的业内精英不断突破行业壁垒，为社会熟知。与此同时，对于一家拥有处于金字塔结构顶尖位置人才的企业而言，如何才能将人力资源优化配置并运用到极致，以谋求可持续、快速、健康发展呢？

也许从襄樊之战，我们能获得某些启示。作为三国时期最为重要的战役之一，襄樊之战直接导致刘备集团永久失去了战略要塞——荆州，并在很大程度上最终宣告了其兴复汉室的奋斗目标归于破灭。

据《三国志·关羽传》记载，建安二十四年，"先主为汉中王，拜羽为前将军，假节钺。是岁，羽率众攻曹仁于樊。"也就是说，关羽在被任命为前将军后，自作主张地率军进攻樊城，而并未得到蜀汉集团掌门人刘备的指令。问题在于关羽——作为整个集团中的一分子有资格按照自己的意图想当然地发动襄樊之战吗？就职务来说，关羽是镇守荆州要塞的大将，其本职工作是坚守而不是出击。所以，关羽事实上并不具备发起战争的决策权，他是在僭越职权擅自发兵。不过，关羽拥有一个特殊的身份，那就是同刘备的结义兄弟。因此，当他擅自领兵出战时，整个集团中并没有人敢站出来拦阻。即便是刘备，也会碍于情面而持观望甚至纵容的态度。又据《三国志·关羽传》记载，关羽出兵后，"曹公遣于禁助仁。秋，大霖雨，汉水泛溢，禁所督七军皆没。禁降羽，羽又斩将军庞德。梁、郏、陆浑群盗或遥受羽印号，为之支党，羽威震华夏。"在这种情况下，刘备就

更没有理由再阻止关羽了。就此而言，历史上的这场襄樊之战完全是关羽倚恃自己与刘备的私人交情而贸然采取的一次超越其在集团中身份的越权行动。最终，关羽在战败殒命的同时，也以自己的不当行为给蜀汉集团带去了堪称毁灭性的打击。

从现代企业管理角度来看，关羽在襄樊之战中的作为与经历很好地昭示出这样一个道理，企业若想成功立足于市场，首先要努力实现的是建立起一套规范、健全的管理制度并予以严格执行。对于集团内部的各个部门及其相关负责人的权与责必须进行明确界定与划分。这样一来，不仅可以使员工更清楚地认识自己的工作任务及履职范畴，也能尽量避免跨越权限、难以问责等情况的出现，进而最大限度地为集团减少不必要的损失。否则，作为其中一员，难免会出现类似于关羽的僭越行为，从而给企业造成严重伤害甚至带来灭顶之灾。

除了关羽自作主张，错误地发动进攻，蜀汉集团对于战争的形势也缺乏合理的预测。据《三国志·关羽传》记载，在关羽"水淹七军"后，"曹公议徙许都以避其锐，司马宣王、蒋济以为关羽得志，孙权必不愿也。可遣人劝权蹑其后，许割江南以封权，则樊围自解。曹公从之。"之后，关羽反胜为败的大致过程是："权遣使为子索羽女，羽骂辱其使，不许婚，权大怒。又南郡太守麋芳在江陵，将军（傅）士仁屯公安，素皆嫌羽（自）轻己。于是权阴诱芳、仁，芳、仁使人迎权。而曹公遣徐晃救曹仁，羽不能克，引军退还。权已据江陵，尽虏羽士众妻子，羽军遂散。权遣将逆击羽，斩羽及子平于临沮。"

这其中，关羽没能处理好与盟友、下属之间的关系，自然要负主要责任。但是，以刘备为首的蜀汉集团也要对此负责——因为他们并未提前预料到曹魏在重压之下势必会采取求救于东吴这一举措，低估了东吴对于荆州的渴望。更重要的是，他们对于关羽在人际交往方面的缺陷同样缺少预判。这就导致蜀汉集团没有针对这次战役给予关羽任何协助，更没能提前采取补救措施，致使整个战争期间，关羽都缺少和集团的呼应，最终陷入孤立的状态。换句话说，襄樊之战的失败，关羽须负主要责任，但不该负全责。

作为现代企业，想要进行市场开拓，不能仅仅拘囿于企业内部某一个单元的独立运作，而是应该进行全方位考量，进行可行性研究，并针对可能遇到的风险，曲突徙薪，预先制定补救措施。如此，企业作为一个整体方能给予其中的某一单元以最大化支撑，将安全系数提升至最高，避免不必要的损失。

未来，更多国内企业将在国际市场扮演越来越重要的角色，他们的戏份儿也会随之加重。吸取蜀汉集团与关羽在襄樊之战中的教训，不失为打造先进管理模式，促使企业于日益激烈的商战中稳步迈进的途径之一。

2012 年 3 月 20 日

由冯谖客孟尝君看毕业生零工资就业

在就业竞争日趋激烈的当下，一部分刚刚迈出校园大门的毕业生迫于压力主动选择低薪入职。更有甚者，还出现一些"零工资就业"的个案。从长远来看，这必将给人力资源市场带来负面影响。

不妨把目光引回到上古。据《战国策·冯谖客孟尝君》记载，冯谖因"贫乏不能自存，使人属孟尝君，愿寄食门下"。面对一名自称既无特长，貌似又无潜质的"求职者"，孟尝君爽快地接受了他。出人意料的是，有幸被接受至门下的冯谖竟不断"食无鱼"、"出无车"、"无以为家"的要求。孟尝君均在第一时间对其要求予以满足。作为孟尝君门下的食客，冯谖凭借深远的眼光、超凡的智慧为孟尝君稳固其政治地位而出谋划策，使得后者任齐国相国的几十年时间里，"无纤介之祸"。冯谖本人也因其高瞻远瞩而为后人称颂至今。

那么，冯谖与孟尝君之间为何能合作得这般成功呢?

若视冯谖为一位求职者的话，他首先要有足够的实力与信心，而一旦遇到孟尝君这样理想的老板，更需要用行动去证明自己。据《战国策·冯谖客孟尝君》记载，冯谖在替孟尝君"收责于薛"时，"使吏召诸民当偿者，悉来合券。券遍合，起矫命以责赐诸民，因烧其券，民称万岁。"随后，他告诉孟尝君："臣窃计，君宫中积珍宝，狗马实外厩，美人充下陈。君家所寡有者，以义耳！窃以为君市义。"一年之后，齐王以"寡人不敢以先王之臣为臣"为由，解除了孟尝君的职务。但是，当孟尝君"就国于薛"时，"民扶老携幼，迎君道中"，这让他在失意时获得了重新崛起的根本。此后，冯谖"西游于梁"，以"齐放其大臣孟尝君于诸侯，诸侯先迎之者，富而兵强"，劝说梁惠王派人聘请孟尝君。同时向齐国放出消息，成功提升了自己老板的市场价值，致使"齐王闻之，君臣恐惧，遣太傅赍黄金千斤、文车二驷，服剑一，封书，谢孟尝君"。最后，他又建议孟尝君提出"立宗庙于薛"——这个条件，一举稳固了孟尝君在齐国的政治地位。所以，身为一名先前被老板善待的员工，冯谖在前者面临困难时，展现出的忠诚、担当与可用性，值得后人效仿。

换一个角度，孟尝君并不是单纯地雇用一名员工，而是投入真情实感来关心、善待他，对于下属一些合理的要求也尽量予以满足，甚至为其解决来自于家庭方面的困难，进而了却员工的后顾之忧。因此，作为一位老板，孟尝君对于求职者的宽容同样值得今人学习。

　　反观当下，不少求职者不是缺乏足够的能力与信心，就是视野相对狭隘，总是通过薪水来作为衡量自己的标准——认为只要降薪，老板就不应该有理由拒绝接纳自己；一旦自我感觉稍有才华，即刻拼命提价，索要高薪。正是这种十分极端的功利思想，导致很多员工都缺乏对事业的尊重与忠诚。就此而言，我们似乎更应该学习冯谖这种"不卑不亢，知恩图报，勇于担当，认真负责"的工作态度。另一方面，很多企业在招工、用人时表现得过分强势，缺乏对求职者及员工足够的尊重，以至于使对方逐渐形成一种本能的不自信，从而造成低薪，甚至是"零工资就业"等不可取的尴尬局面。其实，这些老板若能根据自身情况，效仿孟尝君，合理给予应聘者与旗下的从业者更多包容，且多去关注员工的潜力，能够耐心地储备一些人才，不失为使企业可持续、快速、健康发展的一种上佳途径。

　　未来，随着社会不断进步，科技不断发展，势必会有越来越多的青年才俊离开校园并步入职场。如何处理好彼此的关系，实现最优化的双向合作，进而促使团队及个人实现利益最大化，确实是摆在毕业生与用人单位面前的一个问题。在这种情况下，"冯谖客孟尝君"显然具有某种隐喻的意味。

2012 年 3 月 27 日

三里河书摊

20 世纪 80 年代中期至 90 年代末期，北京市三里河有一道颇具风味的街景——书摊，这在当时十分普遍，对我而言却具有重要意义。

只要回忆起童年的生活，我总会清晰地记起那些书摊的样子。在我成长的岁月里，它们始终在这条街上期待我的眷顾。尽管摊位的老板会经常变换，摊边的顾客也各不相同，但这道景色于我却是恒久如一……

书摊分成两部分：一部分位于这条街的西侧路口，大概有七八个摊位，主要售卖各类书籍；另一部分则坐落在这条街的东侧路口，多达近二十个摊位，以售书为主，同时也卖一些玩具、服装及居民日杂商品。

由于父亲购书的热情总是胜过母亲，所以在多数时候，我都是跟着父亲去书摊看书。在我八岁那年，有一次我跟着父亲去书摊时发现了一款新书——《蔡志忠漫画》。其实，这套漫画的前半部分已经出版面世有一段时间了，主要内容包括《西游记》《封神演义》等古典文学名著，每隔一两周就推出两三册新的内容。当时，父母觉得这类书能够让我对古典文学有感性认识，就陆续买了给我。但是，这套书出版的后半部分不再是分册刊行，而是将《老子》《庄子》《菜根谭》等名著合集推出，价格更是高达72元。

"哎呀，没想到会一起发行啊，今天没带这么多钱，能不能给我留一套，我明天再来买？"父亲这样问摊主。令我意外的是，父亲第二天真的又去了书摊，并买回了那套书。我问父母为什么会买这么贵的漫画，他们还是说："看这种书有意义。"或许，只要认为是有必要做的事情，就应该坚持去做，不要过分计较自己付出了多少，因为很多事情的意义远非表象所能涵盖。

我渐渐意识到，这些书摊并不仅仅是三里河的风味街景，也不仅仅是那些摊主谋生的地盘，更不仅仅是我们闲暇时消遣的去处。它们像是几位相识已久的老朋友——每当我去拜访，总会使自己受益良多的老朋友……

时光流转到1993年初冬。每年的这个时候——头年12月至次年2月，书摊都会停止售书，而全面改为售卖挂历。一个傍晚，那应该是我们于当年最后一次去到书摊。一位摊主说，他那儿还有一些残存的《女神的圣斗士》，因为早已过时，所以想赶在转卖挂历前脱手，并表示可以低价销售。能有机会低价多收几册，我自然十分乐意。父亲也觉得既然以后不卖了，

多买几本就多买几本吧。于是，我一次性挑选了十几本，感觉像是发了一笔横财。

其实，这部漫画在国内销售最火爆的时期是1991年与1992年。由于全套多达45册，我通常都是隔一段时间购买一两册1.9元的单行本。令我倍感遗憾的是，那套漫画最终还是有5册没有找到。转过年的春天，我寄希望于哪个摊位会有存货，就在第一时间赶到重新售书的书摊，却没能再看到《女神的圣斗士》的踪影。或许，很多事情往往不是完美的，刻意追求完美本就是一种不必要，更不切实际的做法，唯有能够正视那些残缺的部分，才能真正体会到其价值所在。

我渐渐意识到，这些书摊并不仅仅是三里河的风味街景，也不仅仅是那些摊主谋生的地盘，更不仅仅是我们闲暇时消遣的去处。它们像是几位相识已久的老朋友——每当我去拜访，总会使自己受益良多的老朋友，即使它偶尔会失约……

童年好似白驹过隙一般，不知不觉间，三里河的两排书摊陪伴我度过了十余载光阴。然而，正当我将去书摊阅读、购书看作生活的一部分时，它们却突然间被拆除，取而代之的是一扇扇张贴着各种报纸、海报，外观更加整洁、环保的玻璃橱窗。此后，我不得不将淘书的地方改到书店与一年两季的地坛书市。但是，书店也好，书市也罢，均无法给人提供那种阅读的朴素与温馨。不论何时走进去，都会立刻感觉像是在逛集市，以往那种在书摊边阅读、淘宝的感觉就这样一去不返，变为了永久的回忆。或许，人终究无法永远生活在固定的环境里，很多事物都会随着时间流逝而改变。或许，回忆只能如相册一般，偶尔拿来翻看，但目光必须永远向前。

我渐渐意识到，这些书摊并不仅仅是三里河的风味街景，也不仅仅是那些摊主谋生的地盘，更不仅仅是我们闲暇时消遣的去处。它们像是几位相识已久的老朋友——每当我去拜访，总会使自己受益良多的老朋友，虽然它们已经成为生命中的过往……

2012 年 4 月 7 日

由吕蒙看从业者职场潜力

吕蒙是三国时期江东集团的重要将领，因率兵偷袭荆州并擒获蜀汉集团前将军关羽而闻名于世。虽然他年仅 42 岁便英年早逝，却在历史上写下浓墨重彩的一笔。

吕蒙的生命具有自我超越的意味，这对当今从业者而言颇具借鉴意义。身处竞争日趋激烈的职场，若想要于业内立足并谋求发展，必须不断提升自身从业水平，最大化地激发出自己的潜能。

据《三国志·吕蒙传》记载，吕蒙年仅十五六岁时，便偷偷跟随在孙策帐下效力的姐夫邓当出兵征剿山贼，被家人发现后，"呵叱不能禁止"。吕蒙说："贫贱难可居，脱误有功，富贵可致。且不探虎穴，安得虎子。"邓当死后，吕蒙接替其职务，且屡立战功。特别是在公元 208 年，吕蒙"从征黄祖，祖令都督陈就逆以水军出战。蒙勒前锋，亲枭就首，将士乘胜，进攻其城。祖闻就死，委城走，兵追禽之。权曰：'事之克，由陈就先获也'"。不难发现，吕蒙在其前半生是一位勇猛果敢的将领。然而，就是这样一员猛将，最初却是腹内草莽。据《资治通鉴》记载，在孙权建议下，原本被称为"吴下阿蒙"的吕蒙开始发奋苦读，完成了自我蜕变，最终升级为一名有勇有谋的帅才。周瑜病故，鲁肃代替其职务。原本对吕蒙有些轻视的鲁肃路过其防区时，听说吕蒙学识大进，"遂往诣蒙。酒酣，蒙曰：'今东西虽为一家，而关羽实熊虎也，计安可不豫定？'因为肃画五策。肃于是越席就之，拊其背曰：'吕子明，吾不知卿才略所及乃至于此也。'"。事后证明，正是这次会面，

使得鲁肃对吕蒙"刮目相看",并建议孙权将其定为自己的接班人,从而为吕蒙率兵偷袭荆州,名扬千古奠定了良好的基础。

不难发现,身为从业者,不仅要在职场上竭尽全力来履行好本职工作,还应该在业余时间将更多精力投入到综合能力拓展方面。如此,方能更好、更快地激发出自身潜能,以便能给集团做出更多贡献,同时推动自己的职业生涯达到更高阶段。

与此同时,企业的竞争在很大程度上无法回避人力资源的竞争,因此若想长盛不衰,企业应该投入更多精力以开发内部员工的潜力。正所谓:"千里马常有,而伯乐不常有。"吕蒙的成功除他自身努力外,江东集团领导人孙权同样起到了至关重要的作用。据《三国志·吕蒙传》记载,"权统事,料诸小将兵少而用薄者,欲并合之。蒙阴赊贳,为兵作绛衣行縢,及简日,陈列赫然,兵人练习",孙权大悦。赤壁之战后,吕蒙"又与周瑜、程普等西破曹公於乌林,围曹仁于南郡。益州将袭肃举军来附,瑜表以肃兵益蒙,蒙盛称肃有胆用,且慕化远来,於义宜益不宜夺也。权善其言,还肃兵。"另据《资治通鉴》记载,在孙权找到吕蒙并劝其读书时,吕蒙则均以军务繁忙、无暇读书为由予以拒绝。孙权没有责备他,也并未草草了事,而是耐心对其进行引导,表示"孤岂欲卿治经为博士邪!但当涉猎,见往事耳。卿言多务,孰若孤!孤常读书,自以为大有所益"。吕蒙听完孙权的教诲,终于有所领悟开始发奋苦读。这样看来,吕蒙早早便展现出治兵及用兵方面的潜质,而孙权敏锐地观察到吕蒙的潜质,并给予他足够的鼓励与帮助,这也成为吕蒙得以蜕变的要因。所以，孙权无疑是吕蒙自我超越的首席导师。

换句话说，当今社会，作为一位优秀的老板，不只需要正确使用麾下的即战力，同时还应该随时留意员工表现出的潜质，且对其善加引导，以求帮助他们不断取得进步，实现能力拓展，进而为集团带来更多收益。

人才竞争势必日趋激烈，从业者想要于集团立足并有所成就，自然难度更大。正因如此，不断通过学习丰富各类知识，拓展个人能力，成为他们实现突破与超越的重要途径。一个人所拥有的知识也许是有限的，但是一个人的学习能力应该是无限的。同时，作为领导者，也应该随时关注员工的潜力与进步，尽可能为其提供崭露头角的机会，以实现人才价值的最大化利用。

2012 年 3 月 30 日

"职业保姆"难求家政佣工谁管

在工作、生活节奏不断加快的当下，人们往往很难在柴米油盐酱醋茶等家庭琐事方面抽出足够时间与精力去清洁居家环境、照顾老人孩子。雇佣一名保姆帮助自己分担部分家务成为不少上班族缓解生活压力、提高生活品质的首选方式。

然而，在与保姆佣工相关的管理制度与有效机制尚未建立的前提下，当保姆走进雇主家庭开始承担相应的工作时，他们真的能起到"安定后方"的关键作用吗？

许多雇主并不会给出肯定的答案。因为不少雇主在雇工后，首先要对所雇佣的保姆进行一段时间的技能培训与指导。对雇主而言，这反倒比之前更加耗时耗力，进而严重影响其工作、生活状态。不难发现，虽然家政服务行业已步入职业化，但目前大多数所谓的职业保姆素质相对有限。很多保姆在上岗前并未接受多少专业技能训练，这就导致她们在烹饪、保洁、护理、育婴等方面的知识与技能都远远无法达到雇主的需求。更有甚者，部分保姆在佣工过程中，不仅缺少清晰而明确的职业意识，更因各种主客观原因难以在工作中保证足够的精力投入，且经常表现出对雇主反复指导的厌烦乃至抵制情绪，致使雇主相应的授业进展十分缓慢，从而逐渐将一份理应得到雇主乃至全社会普遍尊重的职业演变为令人不屑的"磨洋工"。据笔者了解，甚至不少保姆还会时常向雇主提出必须在某一天休假，必须保证足够的看电视时间等要求，大有"反客为主"之势。因此，不客气地说，在很多情况下，雇佣保姆不但未能"安定后方"并减轻雇主的压力，反而会使其徒增烦恼，真正是事与愿违。

　　这种尴尬雇佣局面根源在于相关的管理制度未能得以及时建立，以及作为佣工中介的相当数量的家政公司在保姆管理方面的体制不够健全。当前，一名保姆的月薪通常最低也要1800元，且每月休息四天；如果雇主有照顾病人等特殊需求，保姆薪水则高达每月5000元。即便如此，保姆一旦对雇主提供的工作环境和提出的工作要求感到不满，就会立刻置合同为废纸，编出父母病危、自己染上重疾等各种荒唐理由，扬长而去。此时，保姆所在的家政公司并不会对此给出什么说法，只是一味地承诺雇主，会尽快再物色他人代替。至于单方面撕毁佣工合同并擅自离岗的前任保姆，不仅之前薪水照拿，还能很快被安排到下一位雇主家去。这样一来，随意解约并不会造成保姆在权益上的任何损失，唯有雇主在付出大量时间与精力后，只能满腹无奈地再度开始对新任保姆的技能培训，形成"恶性循环"。

　　究竟如何才能改变这一局面呢？若要使保姆的"质量"得到提升，相关的管理制度就应尽快得到完善。从宏观来看，任何劳务在其出现之初，都难免存在这样那样的问题。然而，临时性的劳务如果要上升为一种适应时代需求从而确立其存在合理性的职业，则必须由相关部门在对劳务双方广泛征求意见的基础上，制定并不断完善相应的管理制度与有效机制。这既是对佣工双方的权利与义务的明确界定，也是高质量、高效率佣工的保障。作为中介的家政公司应积极探索并建立针对本企业内部从业人员的切实有效的奖惩机制，促使家政从业人员以主人翁的姿态和娴熟的职业技能进入雇主家中和工作岗位上去。

目前，一部分家政公司的运营状况并不容乐观。为实现盈利，这些公司只能通过降低服务质量来维持生存，更不必说在有限的财力下，对从业人员积极主动地展开培训。在安排保姆进入雇主家庭，构成实际上的佣工合同关系后，家政公司面对部分从业人员不断索要高额薪水却出工不出力，甚至视合同如无物的不合职业道德的行为也无能为力。就当前来看，亟待解决的具体问题是如何对家政行业落实政策倾斜以实现资源的优化配置。在这一过程中，各种社会力量也应得到充分调动，以期进一步实现对家政行业的扶持与帮助。唯其如此，家政公司才能有更多的精力投入到从业人员的职业技能与素质提升上来，家政人员这一职业角色才能拥有了真正的职业内涵，家政也才能真正意义上成为一个逐渐成长并进入良性发展的职业。

社会的发展，尤其是中国老龄化时代的提前到来，围绕家政的佣工需求势必持续增长，保姆等家政人员也必定成为炙手可热的职业角色。如果从业人员不具备应有的职业技能与素养，行业制度又不够完善，"职业保姆"将只能仅仅停留在字面上或者雇主一厢情愿的想象中……

2012 年 4 月 23 日

袁绍职业生涯得与失

作为三国时期最具实力的诸侯之一，袁绍始终是一位让后人哭笑不得的人物。从持有一统天下的优势，到最终反被曹操吞并，袁绍这一番从辉煌到悲催的政治生涯能给如今征战于商业市场的职业人提供怎样的借鉴呢？

其实，袁绍确有成功之本，也确有成功之处。

袁绍的高祖袁安官至司徒；曾祖父袁京位居司空；祖父袁汤担任过太尉；父亲袁逢、叔父袁隗则分别做过司空和司徒。所以，袁家在当时被称为"四世三公"，是门生故吏遍布天下的名门望族。袁绍本人姿貌威容，文武兼备，且能够折节下士，得以结交不少在当时身处上层社会的人物，进而很快闻名于世。袁绍不论在家庭背景还是个人的声望方面，都具备其他诸侯无法比拟的优势，他也堪称三国时期的第一"高富帅"。袁绍并未就此满足。公元186年，他便被举荐为司隶校尉，成为汉灵帝建立的西周八校尉之首，后率军诛杀宦官并主管朝政；公元

190 年，他被推举为讨伐董卓联合军的首领；董卓死后，他在短时间内夺取冀州并自领冀州牧；公元 199 年，他吞并公孙瓒所据的幽州，将黄河下游的冀、青、幽、并四州全部收归帐下，不但拥有数十万兵马，还被封为大将军，拥有当时最强悍的军备力量并占据冀、青、幽、并四大州，成为实力最为雄厚的北方豪强，大有一统天下之势。不难发现，袁绍只用了 13 年时间，就将自己的事业，乃至整个袁氏集团发展到全新的高度。

正因如此，如果将袁绍看作是一位老板，他显然并非那种从零做起的创业者，而更像是一家成功企业的继承人。不过，袁绍能够通过其家族在业内的人脉及地位，不断巩固自己的竞争资本，最终将集团于原有基础上进一步做大、做强，说明他确实在利用自身优势方面有独到之处。这不仅是袁绍真正的价值体现，也是值得今人借鉴的地方。

然而，袁绍最终还是因在官渡之战被曹操击败，瞬间由政治巅峰滑落至人生低谷，直接导致袁氏集团失去了进一步扩张的机会，以至郁郁而终，最终反被曹操吞并。官渡之战确实将他为人"外宽内忌"、"色厉胆薄"、"好谋不断"的不足之处暴露得十分明显。

公元 200 年，谋士田丰就曾劝说袁绍趁曹操进攻刘备时，出兵袭击其后方，他却因幼子患病而拒绝发兵。随后，袁氏集团对于迎战曹操产生两派意见，分别是以沮授为代表，主张采取游击战、持久战的慢节奏战略，以及郭图、审配提出立即起 10 万兵同对方决战的快节奏打法。结果，袁绍错误地选择了后者。更重要的是，在官渡之战的相持阶段，袁绍出现决定性失误，将全部军粮放置与大军相距 40 里的乌巢，最终被曹军偷袭得手，一举改变了战争的走势。这说明，袁绍不但不具备捕捉战机、掌控全局的观察力，以及主导一场大型战役的决策能力，甚至在战争期间犯下了常识性错误。事实上，袁绍拥有很多精干部下，即便他自身的指挥才能有限，也完全可以采纳谋士的建议以夺取战争的主动权。但是，袁绍在用人方面同样做得不够好。由于个人急功近利、好大喜功的性格，他无法正确找出每位下属的优劣长短，这就导致他不能合理地激发麾下英才的潜能。此外，曹操麾下的谋士荀彧曾说过："绍兵虽多而法不整。"也就是说，作为袁氏集团的领导人，袁绍没能建立起一个良性的管理制度，导致员工之间缺乏应有的凝聚力。因此，袁绍缺少作为核心人物必备的领导力。

不可否认，虽然袁绍擅长利用家族及其自身具备的优势和资本，却并不擅长战略决策、集团管理、人事任用等方面的工作，而他个人狭隘的心胸与偏执的性格最终使其优点被无限缩小，缺点被无限放大，从而直接造成袁军于官渡之战的失利和袁氏集团的覆灭。就这一点来说，袁绍的经历无疑值得后人警醒。

在新人不断迈入职场或者涌入商界的当下，其中势必会有人成为企业的新掌舵人。届时，这些新生代老板如何扬长避短，为自身乃至集团事业创造辉煌，袁绍的职业生涯或许不失为一本可资借鉴的教科书。

2012 年 4 月 28 日

回归本质收藏才具魅力

在经济社会持续发展的大环境下，越来越多的人关注并涉足股票、期货或者房地产等领域，希望能通过投资赢得利润。最近 10 年间，无论是货币市场还是房产市场，几度沉浮、变幻难定的情形促使一部分投资者转而关注收藏市场。

收藏作为一种投资方式，在很多时候被人们寄予了财富增值的厚望。然而，在真伪难辨的收藏投资领域，实际情况是否真能如人所愿呢？

或许，不少人都会对此给出否定的答案。对于不少投资者来说，收藏已并非上佳选择。这其中，人们关于主流收藏品的升值意识变得越来越强，当属造成这一现象的主要原因。不夸张地说，如今大多数外行藏宝人无法对自己手中的藏品鉴定真伪并正确估价。所以，他们总是要先入为主地将藏品的价格抬高，似乎所有瓶瓶罐罐、书卷画轴都是无价之宝。这样一来，投资者想要以低价，甚至是合理金额淘到有价值的藏品以期获得投资利润变得难上加难。

不仅如此，由于收藏日益火爆，越来越多的赝品渐渐流入市场。这些仿制的古玩、字画不仅很多都做工精巧，还有一些物品被人为作旧，甚至足以达到以假乱真的效果——辨别藏品真伪的难度大幅增加。更严重的是，高档藏品的数量往往十分有限，但赝品可以做到无限生产。于是，当仿制品不断被制造并摆上货架后，收藏市场实际上已沦入"赝品横行"的状态。在这种情况下，许多相关知识不够丰富的收藏者往往花费较大代价，却仅仅觅得低端的仿制品，空耗钱财。

那么，收藏市场为何会这般乱象丛生，各种赝品又为何如此层出不穷呢？其实，之所以出现这一现象，主要还是投资者普遍存在的投机心理所致。

很多收藏品能够如此抢手，往往就在于其自身具备特殊甚至不可替代或者复制的价值。这其中，流传的时间、材料的稀有、制作者的身份与背景、艺术的观赏性，都有可能使一件看似普通的艺术品身价激增。但是，由于不少藏品并没有十分固定的市价，交易成交金额也就变得难以统一。正因如此，大多数投资者总是对收藏抱有明确的期待——希望通过不断收购、转让赚取其中的价差。事实上，正是这种以牟取暴利为目的的不良投资理念在无形中给仿制品提供了广阔的生存平台，使之得以连绵不绝地流入收藏市场，从而成为一些不法商贩利用人们的投机心理谋取不当利益的工具。

既然如此，怎样才能改变当下收藏市场所面临的问题呢？

这除了需要有相关部门在未来加大监管力度，制定出切实有效的法律法规，尽可能杜绝大量仿制品滥竽充数外，主要还应该从淘宝者、投资者自身做起。

实际上，收藏具有丰富的内涵，依靠高额投入及天价转让赚取利润绝非其仅有的价值。作为一项文化活动，收藏包含的门类更不仅仅只有那些高档艺术品；一些藏宝人会出于自身喜好，收集诸如车模、火花、手机链、门票、明星卡、游戏牌等生活中常见，却不乏意义的物品。这种心态赋予了收藏另一种独具特色的风情，显然更应被提倡。首先，这些藏品的成本较低，为其制造赝品的意义有限，市场上也很少有出现鱼目混珠的仿制品。因此，淘宝者的经济负担与投资风险均不会太大。其次，这些藏品大多数不像古董、字画等艺术品那般稀有，收购、交易的难度都相对较小。所以，藏宝人更易于得到自己心仪的物品，进而在个人收藏方面有所建树。最重要的一点是，这种不以牟利为目的，单纯地收藏可以使淘宝者更好地陶冶情操，进而真正感受收藏所带来的乐趣。正因如此，回归"收集并保藏"的本质，才是从根本上净化收藏市场的上佳途径。

未来，时代的进步势必使人们的业余生活变得越发丰富多彩。作为个人爱好、性格的表现方式和一种别具风情的文化活动，收藏无疑会被更多人予以关注。届时，如果藏宝人能够很好地区分投资和收藏之间的不同，这一领域或许会更具魅力。

2012 年 5 月 8 日

网络时代的纸媒何去何从

在信息化时代里，网络逐渐成为大多数人获取消息的主要渠道。新浪、搜狐、网易、腾讯等大型综合类门户网站纷起，使得人们能够在最短的时间内了解到不同领域出现的大小新闻事件，而与该新闻事件相关的报道、评论更是数不胜数，甚至深入到事件的任意层次和角度。在这种情况下，传统的报纸、杂志等纸媒经受着严峻的考验。

纸媒缘何受到冲击

作为平面阅读产品的一部分，以报纸和杂志为主的纸媒存有一个无法被忽视的硬伤——难以确保时效性。只不过，在网络及电视技术相对并不算普及化的过往，这个缺陷没有被凸显出来。然而，随着网络逐渐盛行，纸媒报道相对迟滞的弱点被全面暴露。众所周知，一份报刊通常每天仅仅更新一次，有些专题类报纸则相隔一周才会发行新刊。至于杂志，更是多为半月刊和月刊。与之比较，网络报道的即时性明显胜出前两者。不论社会动态、焦点话题，还是大型会议、体育比赛，乃至综艺活动、文艺演出，门户网站总能于第一时间登载出新闻报道及一系列相关评论，进而使读者能够快速地从多角度了解事件的始末，以求最大限度地满足其对于新闻本身的关注欲望。因此，当读者在一个事件发生后几小时，甚至几分钟便能于电脑显示屏上看到方方面面的报道后，他们自然难有兴趣在一天、一周或一个月后，去买上一份报纸、一本杂志，阅读那些已经并不新鲜的"旧闻"。

除此之外，纸媒的涉猎面比较有限，同样使其在同网络的竞争中处于下风。特别是对于一些专题类的报纸、杂志米说，网络普及化直接导致其原本针对一个领域的专业、细化地报

道——这一优势"华丽丽地"转化为了内容单调、阅读乏味的劣势。因为读者在网上阅读时，可以轻易找到当下热门的专题版面，想要变更一个专题也只需点击鼠标，切换网页即可。所以，除了业内人士，作为普通受众的大多数人，往往并不乐于将自己置身在纸媒相对狭小的阅读视野之中。

纸媒应该何去何从

或许是意识到自身的时效迟滞、涉猎面窄等诸多不足，抑或是为了吸引不断增加的网络阅读群体的关注，目前很多纸媒都开设了属于自己的网站。同时，他们还积极与大型综合门户网站合作，供其文章能够转载至网站的相关版面，以求获得阅读。不过，由于这些被贴到网络上的文章均要先出自于平面，这就致使其仍旧无法从根本上解决自身的瑕疵，反倒在某种程度上进一步弱化了纸媒的竞争力。

就当前的形势来看，报纸、杂志这样的平面读物想要应对网络媒体的冲击，最直观、有效的策略是针对性地提升自身时效性并扩大涉猎范围。报纸全面改为日刊，乃至一日两刊；杂志则普遍改为周刊，甚至半周刊；同时对内容进行大幅度扩充。不过，我们也必须看到，由于纸媒在面世之前必须经过编辑、排版、印刷等一系列严格且固定的程序，如此频繁地更新势必导致其相关从业者疲于奔命。由此，我们发现报纸与杂志时下暂无同网络比拼时效性、涉猎面的实力。

　　相比之下，纸媒不妨尝试调整战略，削弱时效性事件的报道力度，转而增加一些相关的人物专访、趣味评论、坊间杂谈等长效性文章的分量，以期引起读者关注与阅读的兴趣；再定期增添副刊、特刊等扩充，尽量扩大信息范围，以求为读者打造另一种类型的阅读平台。不仅如此，纸媒还应该更好地利用自身的一大优势——文章的存活能力。因为报纸也好，杂志也罢，读者都可以将其中令自己感兴趣的文章通过剪贴、装订等方式进行长期保留。更有甚者，还能当作日后对某个事件记载的文献进行查阅。与之比较，尽管百度、搜狗等大型搜索引擎已被人们熟练运用，但网络终究只是稍纵即逝的流媒体，其文章在作为文献资料方面的作用并不占上风。如果将网络文章转为平面，读者则需要先经过下载、打印两道工序，就不如直接保留纸媒方便了。所以，增加有保存价值的阅读内容，也是平面读物抗衡网络的上佳途径之一。

　　事实上，即便当前无线上网、手机上网等高科技业务以及多媒体乃至全媒体终端不断普及，人们阅读新闻事件变得无比便捷，然而仍有不少读者钟情于纸媒。换句话说，在这样一个信息化时代里，平面读物尚有其不可替代之处。因此，只要能够更为合理有效地扬长避短，纸媒就仍有生存的空间。只要每天都使用网络的读者还能拿着钱走向报刊亭，纸媒就仍有可能成为竞争的胜利者。

2012 年 5 月 13 日

拿什么送给你，我的宝贝

作为纪念保障儿童权利，反对虐待儿童、毒害儿童而建立的节日，六一国际儿童节每年都会被不少人关注。选购一份让孩子们满意的礼物，成为许多家长为孩子庆祝节日、表达作为长辈心意的重要方式。在国内生活水平普遍提高的今天，平日里司空见惯的礼品真能引起小孩子的兴趣吗？它们真是最有意义的节日礼物吗？

生活类用品早已屡见不鲜

事实上，近些年各路商家在儿童商品的开发、制造方面，已经做得比较完善。放眼各大商店的儿童柜台，不论手推车、服装、手表等生活用品，还是电动车、洋娃娃、高级手办等玩具，或是书包、文具盒、水彩笔等学习用品林林总总，令人眼花缭乱，几乎可以满足十八岁以下任何一个年龄段少年儿童的需要。毋

庸置疑，产品的种类与功能都较 20 世纪 80、90 年代时期丰富得多：以往带有绘制卡通图案的普通鞋帽，如今已变成正规高档的品牌专卖服饰；以往简易粗糙的玩具汽车，如今已变成高档限量版的遥控名牌跑车；以往朴素的铅笔盒，如今已变成装饰华丽的多功能"百宝箱"。这些无不体现出儿童商品在开发、制造上的巨大进步。

但是，童年是一个人不断学习、成长，逐渐形成人生观、价值观的时期。在这期间，家长除了提供给孩子以稳定乃至优越的生活环境，更应该尽可能给予孩子正确的心理引导，帮助其树立基本的、核心的价值观念，比如积极上进、宽容悲悯、尊重他人等。不夸张地说，这是所有家长、老师乃至长辈们最需要意识到并承担起来的使命。在这种情况下，生活用品、儿童玩具、学习用品等方面的产品其实并非儿童成长期间最重要的助推器。相反，随着市场上的儿童类生活用品越发丰富多彩，很多小孩子养成跟同龄人攀比的不良习惯，或者说，在某种程度上破坏了儿童心理健康成长的环境。因此，当儿童产品已经达到令人目不暇接、难以取舍的程度时，人们有必要调整思路，将目光放到更有利于孩子们心理与人格成长的文化类产品的开发和制造上。

文化类产品亟须跟上时代发展脚步

放眼上世纪 80、90 年代，甚至更早，国内儿童文化类产品并不匮乏。不论《让我们荡起双桨》《种太阳》《丢手绢》等儿童金曲，还是《皮皮鲁》《自古英雄出少年》《十万个为什么》等书籍，或是《大闹天宫》《葫芦兄弟》《黑猫警长》等动画片，抑或是《小龙人》《好爸爸坏爸爸》《霹雳贝贝》等影视剧均给几代儿童留下无比深刻的印象，堪称其成长历程中一块不可或缺的良性拼板。不过，由于信息化时代的到来，"90 后"、"00 后"儿童的知识面普遍大幅拓展，过去那种思想内容相对单纯，艺术形式相对简单的作品已无法再满足其精神层面的需求。遗憾的是，这一局面至今尚未得到根本性的改善。纵观近十年的儿童文化产品，除去一部《喜羊羊与灰太狼》，几乎没有哪部作品可以让孩子们像其父母当年听到《让我们荡起双桨》、读到《皮皮鲁》、看到《大闹天宫》那般心潮澎湃。

显然，这个问题值得业内人士深思。

那么，怎样才能改变当前儿童文化类产品断层——这一尴尬局面呢？首先，相关从业者应该加大对儿童歌曲、书籍、动画、影视剧编写的投入力度，同时转变对当代儿童思想与知识面的认识，尽可能制作出更多内容健康向上，却又能吸引时下儿童关注的作品。其次，很多家长也应该及时调整心态，主动去为孩子们物色文化类产品，并有意识地向孩子和从业者传播这类商品的重要性。这样，一方面可以纠正儿童相互攀比生活用品的不良习惯；另一方面则能够使更多人关注这类产品的开发、制造。凡此种种，方可使儿童文化类产品跟上时代的发展脚步，且像市场上同类的生活用品那样丰富多彩。

正在绞尽脑汁想着给孩子们送上什么服装，什么玩具，什么学习用品的家长可谓不计其数。但是，又有多少人想到送给他们一首歌曲、一本书籍、一部动画片、一部影视剧——那些儿童最为需要，却又有些求之不得的"礼物"呢？

"六一"到了！我们是否都该想一想：拿什么送给你，我的宝贝？

2012 年 5 月 21 日

究竟是他人的血还是自己的泪

"究竟是他人的血，还是自己的泪"——这是很多年前，我的一个朋友在自己参加完全国高考后写下的两句诗。那时，他正在家中焦灼地等待分数，等待着付出所有努力之后由命运做出的独断裁决。

第一次拜读这首诗时，它给我的感觉是有些凄凉。不，确切地说，应该是有些过于凄凉。对此，他解释道："因为那时候我正在等待最终的成绩。我并不知道自己的未来将会是什么样子，而我所能做的一切就是等待。"

但是，我想：即便是在等待分数时的心情，似乎也不应如此无奈——毕竟，这段等待的过程是每位考生都必须经历的。更何况，就算考不上自己中意的大学，也并不代表生活的终结啊！于是，我试探性地抛出这个疑问："你的心情是不是太夸张了？特别是这句'究竟是他人的血，还是自己的泪'，哪怕是成绩不理想，也谈不上血泪吧？"

当时，他只是笑了笑，并没有继续和我争辩什么。

许多年过去了，这首没有给我留下太多美好情绪体验的诗我早已忘却。直到某一个夏天，当我以局外人的身份阅读有关全国高考的相关新闻时，脑海突然平添一抹困惑：如果对于家长而言，高考是决定子女未来，以及自己能否在亲友面前昂首挺胸的天王山战役，那么，对于这场考试的最直接当事人——考生而言，高考到底意味着什么？如果真如朋友所言，"究竟是他人的血，还是自己的泪"，那么，为什么我之前并不曾体会到呢？

成长的岁月里，长辈对我的学习要求近乎严苛。因为我没能将一个于幼儿而言十分繁难的"紫"字完全写进田字格，母亲当即给我一顿怒斥，外加一巴掌。然而，父母的责罚虽然非常给力，却仅仅是为了告诉我这是不应该出现的错误，怎样去改正。说到底，不过是希望我能避免同一错误的重复。他们从未在我考试之前营造任何与平常不同的气氛，甚至不会就考试对我做出任何询问或者提出任何要求。至于考前"悬赏"，于我不过是从同伴那里或有耳闻。在对同伴而言的那些"凄风苦雨"或"和风丽日"的发榜日子里，我的生活永远是"静如止水"——不论我的成绩如何的高低错落，父母总是留给我同一句话："下次继续努力，争取做得更好。"诸如"你看看人家孩子"、"只有考高分，才能上名校，才能给爹妈争口气"这般带有明显期待性、功利性的数落或者"鼓励"从未在我的考试岁月中出现过。但是，他们每次阅读我的考卷，却比我自己检查时还要仔细得多。

　　在时光流转十年之后的当下，太多的父母为求子女能在高考竞争中脱颖而出，顺利进入名牌院校，不但全力保证他们的营养，还会甘愿一掷千金，为其请遍天下名师，买遍昂贵辅导资料，报遍各科补习班。更有甚者，索性放弃正常工作、生活，将家庭改为高考备战指挥部，焚膏继晷，日夜督战。

　　如今想来，终于明白高考乃至任何一场考试之于我均无关乎"血泪"的原因。

　　在老弟上大一那年，有一次他跟我谈及学校的一支摇滚队某天正在校内开专场演出，不想半路来了警察制止。原来，那所学校旁边的一栋住宅内，有一名即将参加高考的学子，家长反映乐队的演出严重影响孩子的休息。"说实话，虽然我去年才考完，但如果不是这个事儿，我都忘记快高考了。对于每一位考生而言，高考都'伤不起'啊！"老弟感叹道。"谁说不是呢？然而，高考不过只是一场考试，之后学习照旧、生活照旧。但是，如今它在很多人眼中却是如此牵一发而动全身，这事儿太令人费解。"我一边听着他的讲述，一边在心里说道。

　　再次想起那句"究竟是他人的血，还是自己的泪"。也许它的问世实在与家长乃至社会对高考的畸形关注存在千丝万缕的联系。

　　算起来，我周围每年都会有一些应届考生。在提及高考时，他们的家长几乎都会给出一致的立场："当然要重视啊，只要能考个高分，上了名校，就什么都有了。要不然，以后没学历、没文凭怎么办啊！现在紧一紧，能换他一辈子安逸。"貌似如此合理而坚定的想法直接造成高考被无数人关注，成绩的价值被无限放大，进而在一定程度上使之偏离了原有的存在意义，同样也造成一场考试成了诸多考生挥之不去的"血泪"梦魇。

母亲时常挂在嘴边两句话：一句是"没有我当时那么严厉，你能像现在这样"；另一句是"你看，我从来都没逼过你吧"。这两句话乍听起来是那么矛盾，但现在回想起来，我真的由衷感到幸运，没有"血泪"的我其实早已经拥有了他者所无法奢望的乐园——恰如同，我始终无法理解"究竟是他人的血，还是自己的泪"。

又到一年高考时，无数考生即将奔赴——或者是战场或者是舞台，为了家长的期待和自己的未来而全力一搏。然而，不论他们能否通过这次考试，当考试结束后，那些自认为真正爱他们的人能否在其回家时点亮那盏温暖的灯，而不要再让他们默默地询问："究竟是他人的血，还是自己的泪？"

2012 年 5 月 21 日

我想要哪一种幸福

身处当今这样一个正在高速发展的时代里，你更愿意将哪一种风格的城市作为自己的归属地？对于这个问题，恐怕每个人都会给出不同的答案。例如，很多人就将北京、上海这种国际化大都市视为最理想的奋斗舞台；有些人则在杭州、桂林这样的湖光山色间流连忘返；还有人偏好大连、昆明等相对节奏较慢的休闲之所，寻求"渔樵耕读"式的生活。那么，究竟什么样的城市才是现今国内最能给人带去幸福感的"港湾"呢？

其实，这主要取决于一个人眼中何为幸福？

如果幸福是前程似锦

对于很多刚刚走向社会并怀揣梦想的年轻人而言，能够在一座大城市立足，且通过不懈的努力而有所成就，无疑是其理想中的奋斗目标。如此一来，北京、上海等国际化都市便成为他们落脚与求职的首选。因为这里拥有很多大型企事业单位，可以令那些已近而立之年的人获得相比其他中小型城市多得多的发展机遇，出人头地的概率势必随之大幅提升。但是，同宽阔的从业道路相对应，身处大都市的人们面临的挑战也最大。除了在工作中时常需要承受高压力，不断遭遇各种竞争，生活中的高物价、高污染同样考验着这些青年才俊的抗压能力。买房难、购车难、子女上学难、雇佣保姆难等问题迫使他们不得

不日复一日，年复一年地挣扎于职场内外。所以，大城市所带来的幸福更多体现在一个人于事业成功后获得的那份成就感，同时也需付出不菲的代价。

如果幸福是美景如画

相比之下，不少在大城市打拼多年，早已厌倦了职场竞争和生活高压的中年人则更加青睐杭州、桂林等度假胜地。因为这里能够缓解他们紧张了太久的神经，使之感受到那份一直渴望，却又许久未曾触及过的松弛。于是，很多已到不惑之年的人都向往可以长年与这些山光水色相伴，以求避开繁华都市的喧嚣。不过，整日迷恋美丽的景色，虽能让人在精神上得到放松，但也易于令其变得消极，以致最终简单地将安贫乐道视为自己后半生的目标。这样一来，他们不仅再难为社会做出更多贡献，更会使内心逐渐被封闭，进而无法达到心如止水的境界。因此，度假城市所带来的幸福更多体现在一个人于长期压抑状态下获得的那份松弛，同时则需谨防沉迷其中而不能自拔。正如一位作家写道："大凡风景绝佳处都不宜安家，人与美的关系，竟是如此之蹊跷。"

如果幸福是怡然自得

与之前两者不同，许多饱经沧桑，渴望能够安度晚年的老年人每每将大连、昆明这样气候舒适、节奏松缓，又比较适合养生的城市选为理想中的栖息地。因为这里可以给他们提供一个修身养性的场所，使之感受到近乎先民一般的安逸、富足、怡然、自得。对于那些已从心所欲且心静如水的人来说，这种悠闲正是其在现阶段追求的生活方式。然而，尽管不少人都认为，休闲型城市节奏缓慢代表的是知足常乐，但终日烟酒糖茶、歌舞棋牌，还是令其难免不思进取之嫌。特别是就正值青春年少的英才而言，久居过于悠闲的环境很可能会导致其视野变得狭窄，思维变得迟钝，能力得不到最佳的展示舞台，以至于错失实现远大志向的契机。正因如此，养生城市所带来的幸福更多体现在一个人于暮年获得的那份淡然，同时也减少了年轻人的发展机会。

实际上，每个城市往往都会给不同的人带去不一样的感受。利于发展却代价不菲的现代都市也好，易于放松却略感消极的度假胜地也罢，抑或是便于养生却缺少活力休闲之所，都仅仅是相对而言。正如事物往往无法十全十美，一座城市也很难同时满足身处各个年龄层、不同领域的人们对于所谓"幸福"的追求。所以，就个人而言，"幸福城市"的衡量标准更应该取决于其内心对幸福的定义，而非城市本身。

这座城市幸福吗？回答这个问题之前，请先问问自己——我想要哪一种幸福？

2012 年 6 月 1 日

游戏产业如何突破发展瓶颈

游戏产业面临抉择

从魂斗罗到星际争霸再到反恐精英，从红白机到台式电脑再到手持 PS3，电子游戏在近二十年间的发展可谓相当迅猛。在专业人士及相关从业者的不断努力下，最初被认为哄孩子玩的把戏已成长为让人不得不重视的文化产业组成部分。与之相应，中国游戏市场也相继出现了不少优秀作品，呈现出蒸蒸日上的良好态势。不过，国产游戏一方面在版权保护上深陷泥淖，另一方面又频频被指影响青少年的成长、学习、生活，以至于被不少家长和老师拉入"黑名单"——在行业发展的态势上，国产游戏业进入了关键时期。

造成国产游戏在产业化进程出现诸多问题的原因，以及如何采取有效措施加以改进，是需要我们思考的问题。

时光回到 1989 年末，大宇资讯所致力打造的《大富翁》正式亮相，并成为国内首款具有一定影响力的电子游戏。一年之后，他们成功推出另一部作品——《轩辕剑》。这两款游戏一经面世，即赢得不少玩家的青睐。在此基础上，大宇资讯又相继发行了续作，开创国产游戏系列化的先河。

随后不久，堪称中国单机游戏扛鼎大作的《仙剑奇侠传》问世，不仅巩固了大宇资讯在业内不可撼动的领军地位，也就此奠定了国内以 RPG 类作品为主体的游戏研发与制作风格。世纪之交，越来越多的产业资本被投入到游戏市场，一批新兴游戏研发企业先后推出了自己的主打作品。其中，奥汀科技制作的《三国群英传系列》、金山软件发行的《剑侠情缘系列》、智冠科技打造的《金庸群侠传》以及根据金庸小说改编而成的系列 RPG 游戏，均火爆一时。据不完全统计，1998 年至 2001年期间，国内平均每年推出单机游戏多达 21 款。2002 年，国产电脑游戏的研发数量快速发展到 32 款，为历年之最。在一些主流软件类、游戏类杂志给出的最受欢迎游戏排行榜中，《仙剑奇侠传》《轩辕剑》《剑侠情缘》《三国群英传》《金庸群侠传》长期上榜。国产游戏不但占据榜单的半壁江山，更是成为抗衡《星际争霸》《暗黑破坏神》等海外经典大作的强劲势力。国内游戏产业研发与制作水平一时间被提升到前所未有的高度。

然而，优秀单机游戏的不断涌现虽然丰富了国内市场，推动了国产游戏的发展，却没能为制作商带来预期的经济效益。盗版横行应当是造成这一现象的主要原因。仅以《仙剑奇侠传》为例，这部至今都还在中国游戏界占据不可超越的神圣地位的经典之作，在官方销售记录仅为 39.2 万套的同时，其廉价盗版的销量竟然高达 2000 万套！如此巨大的反差，难免给那些苦苦打拼并不断为国内游戏产业殚精竭虑的研发人员与投资商一种"为他人作嫁衣"的无奈。于是，他们纷纷开始减弱对单机游戏的投入力度，且渐渐将战略目光投向新的市场——网络游戏。2003 年，一款名为《传奇 3》的网游迅速火遍大江南北。与此同时，单机类新作则骤降至 18 款。随后，《剑侠情缘》《金庸群侠传》等大作纷纷被网游化。即便是常年屹立不倒的大宇资讯，也不得不尝试将"双剑"搬到线上。2011 年，国内单机游戏市场只有《仙剑奇侠传 5》一部有影响力的新作发行，国产游戏的主战场已经彻底向网游转移。

重新审视产业定位

越发火爆的网络游戏尽管可以避免单机游戏被肆意盗版的尴尬，确保开发商的利润，却衍生出另外一个更为棘手的新问题——易于上瘾。网络时代丰富的游戏资源使很多玩家能够畅享网游的乐趣。在网游世界里，很多作品均处于开放状态，只要玩家乐意，就可以无休止地打怪、练级、执行任务，而游戏则永远不会出现结局。这样一来，网游极易占据玩家大量的时间和精力，严重影响其正常的工作、学习、生活，甚至导致许多青少年染上网瘾。更有甚者，一些带有钓鱼性质的游戏需要玩家不断投入大量资金来购买更高级别的虚拟游戏装备。为了获得足够的资金，最终导致在现实生活中相关恶性事件频发。就此而言，我们不得不说网游的盛行恰恰破坏了国内此前关于电子游戏业已建立起的良好舆论。

既然如此，有关部门为什么不采取相应措施来限制网络游戏的运行呢？其实，在这样一个信息化时代里，网游的确已经成为游戏产业中的一块重要拼图。就产业发展而言，它不但无须被限制，还应被进一步推广。不过，这必须建立在人们能够给予网络游戏一个准确而合理的定位的基础上。具体来说，有关文化产业管理部门应该针对打击盗版、免费下载等领域出台相关政策、措施，保护研发与生产运营商的合法权益，鼓励打造更多优质单机作品，进而恢复产业活力与影响力。商家需要更新网络游戏的类型，积极推出可以正确引导青少年成长的作品，并不断减少用于游戏的费用，重新恢复并逐渐加大对单机游戏的财力与精力的投入力度，打造网络游戏与单机游戏两种模式并行的市场格局。至于玩家，则必须提升自控能力，转变对网络游戏的认识，将其看作是一项长期、却不必时时刻刻投入其中的、有益身心的娱乐活动，以达到有节制的状态——毕竟单机也好，网游也罢，游戏带来的应该是快乐。

只有人们能怀着一颗平常心去审视国产游戏，方能真正使其找到发展的正轨。

2012 年 6 月 11 日

端午的滋味不只是粽子

"节分端午自谁言，万古传闻为屈原。"作为为纪念伟大爱国诗人屈原而诞生的传统节日，端午节一直以来都被很多人予以关注和重视。2006 年 5 月 20 日，端午节被我国列入第一批国家级非物质文化遗产名录。2009 年 9 月 30 日，中国端午节入选联合国教科文组织《人类非物质文化遗产代表作名录》。另一方面，自 2008 年开始，端午节经由《国务院关于修改〈全国年节及纪念日放假办法〉的决定》正式列入国家法定节日。

那么，在这样一个拥有厚重历史背景和丰富文化意义的日子里，我们到底应该做些什么呢？难道仅仅是和家人团聚并吃上一颗粽子吗？

粽子上演独角戏

随着百姓生活水平的提高和文化生活的丰富，在购物、旅行成为很多人假期放松、节日休闲方式的同时，饮食始终是人们面对各类节日时的保留节目——这一点在端午节同样不例外。众所周知，与元宵节吃元宵、中秋节吃月饼一样，端午节也拥有其代表性食品——粽子。

通过观察各大商场、超市，我们不难发现，如今市面上出售的粽子早已不像前些年，只有一团糯米夹杂几颗红枣那般单调，八宝、蛋黄、火腿、鲜肉等多个品种相继涌现，可谓琳琅满目。粽子品种的多样化又在一定程度上提升了人们同亲朋好友一起"大吃一顿"的欲望。因此，不少人在假期放弃下厨，转而举家迈入餐馆大快朵颐。相应地，饭店、餐馆在假日来临之际均会迎来客流高峰，宏观层面上的假日经济也得以刺激并发展。这说明，种类繁多的粽子不仅满足了人们对于食品的不

同喜好，也为商家带来丰厚的利润，更带动了节日饮食消费的快速增长。

然而，吃粽子只能算是端午节比较重要的民俗活动之一，在这个流传多年的节日里，与之同样具有悠久历史的文化拼板其实还有很多。令人遗憾的是，在时代高速发展、节日越发被重视的今天，更为丰富的节日文化拼板反倒逐渐淡出了人们的视野。除了赛龙舟尚且于南方较为流行，挂菖蒲、熏苍术、喝雄黄酒等传统习俗均已不再具备普及度。时至今日，对不少年轻人而言，端午节不过是三天假期和一颗粽子罢了。

文化内涵应被推广

从某种意义上说，我们不得不承认，粽子唱"独角戏"的现象是传统节日在其文化血脉传承上的失败。既然如此，我们应该以怎样的方式去彰显乃至推广包括端午节在内的传统节日所独具的诸多文化内涵呢？

这就不是将端午列入非物质文化遗产名录，或者将端午假日法定化所能实现的。对于包含丰富文化内涵的诸多节日而言，也许需要依靠各界人士的共同努力才能闪耀其在全新时代的魅力。首先，媒体应该加大有关节日活动的报道力度与角度，多维度地介绍各种不同的节日习俗的历史背景及现实意义，使人们能够更为深入地了解传统文化。其次，文体部门需要设法组织、举办更多与节日主题相关的文艺演出，以及由群众参与、融入节日传统活动元素的民间体育竞赛，使更多的人得以直观地感受到不同节日所特有的文化气息与氛围。再其次，商家应该在节日营销的意识方面有所拓展，不要再将目光局限于节日食品的种类，而应尝试销售更多的节日物品，引导消费者由此重温更多的文化习俗。最后，人们需要在主观上改变自身对于传统节日的定义，主动寻求加入与传统节日相关的庆祝活动，而不再是单纯地以出游、聚餐等一般性的方式度过假期。这样，传统节日所特有的文化内涵才能更好地被我们传承下来、传递下去。

其实，作为一个流传多年的传统节日，端午节文化一直以来都被人们推崇，而且早就已经传至朝鲜、日本及东南亚诸国。端午节不仅中国人予以关注，更是逐渐像西方圣诞节、感恩节那样为世界人民所熟知。正因如此，这一传统节日的历史背景与民间习俗无疑有必要被挖掘、推广并延续。毕竟，文化内涵才是端午节之所以能够存在至今的真正核心元素，也是其最大价值所在。

壬辰端午即将如期而至。届时，在休息、娱乐、聚餐的同时，人们能够更好地感受节日文化吗？当我们走进商场、步入超市，准备挑选一盒心仪的粽子时，又是否能听到它在不断地诉说"我不是全部"呢？

2012 年 6 月 19 日

应对网络诈骗亟须金色盾牌

互联网深刻地改变着经贸方式和手段，电子商务在各个领域起着举足轻重的作用。

然而，在网络经济生气勃勃发展的同时，种种通过网络进行诈骗的不法行为也接踵而至。在网络购物、网银及信用卡消费、虚假股票或投资理财"钓鱼"网站诈骗乃至慈善捐赠等方面，利用网络进行商业欺诈的事件层出不穷。更有甚者，不法分子处心积虑地使用商业做局的手段进行欺诈，产生了交织着科技、经济、法制与社会的一系列问题。面对这一现象，目前国内尚没有有效的监管措施，基本靠行业自律，这就很难从根本上遏制网络诈骗。那么，网络诈骗因何而来，有哪些常见特征，又该如何予以防范和制止呢？

网络诈骗产生的原因

从根源上来说，网络骗局与过往形形色色的诈骗没有多少本质区别，都是源自于利益驱使及相应的投机或者趋利心理。相对于传统诈骗而言，网络骗局充分地发挥了互联网的虚拟性特质，可以在基本没有投入的前提下，以极低的风险获得相对来说非常可观的收益。比如，诈骗犯能够在网上轻易购得他人身份信息，进一步实施基于身份信息的经济诈骗。又比如，行骗人还可以利用管理空疏的某些网站发布虚假广告或者添加不良信息的链接，进而展开诈骗。

与此同时，面对行骗人精心布置的骗局，人们经常缺乏足够的自律性、警惕性。很多人看到低价销售、中奖或优质股票——这类所谓的生财机会时，往往由于贪财趋利的心理，误以为自己交了好运，导致被骗。还有一些人则是警惕性严重缺失，轻易地相信网络平台上的陌生人或者相关信息，只要对方送来几

句花言巧语，很快便撤销防线或者干脆不设防线地以诚相待，一旦诈骗人提出投资邀请，甚至提出借钱的要求，便毫不犹豫地掏出钱包。显然，这种相信天降横财、偶遇良缘的心理，在很大程度上给诈骗犯提供了可乘之机。实施诈骗行为的犯罪嫌疑人与受害人双方各自的心理成为滋生网络诈骗的两大诱因。

网络诈骗的基本特征

从本质上说，网络骗局是以互联网作为基本犯罪场所和工具，以非法占有他人财产为目的，以虚构事实或隐瞒真相的方法进行的非法活动。

据相关调查与不完全统计，目前通过网络进行的诈骗主要包括几种类型：其一，诈骗人利用网络购得他人的身份资料，随即根据这些资料从网上生成所谓的"二代身份证"的复印件，再去骗领身份信息持有人的信用卡，最终非法地骗取了大额的资金。其二，不少诈骗人通过某些电子商务网站与游戏娱乐网站发布超低价、免税货、中大奖等虚假经济信息，引诱网民在网站注册并消费，进而诱骗用户或者消费者交纳各类费用，抑或是窃取受害人的手机话费。其三，部分诈骗人干脆利用开设虚假网站的方式向某些股民推荐所谓的优质股票，诱导他们办理交费、入会、代理炒股等业务，以骗取其钱财。其四，还有一些诈骗人会在婚恋、交友网站添加赌博和色情网站的链接，或者刊登个人条件极其优越的虚假用户信息，诱使事主与之联系后,通过交流与对方建立某种好感或者信任感。一旦时机成熟,诈骗人便以车祸、家人生病、出现一个难得商机等理由诱骗对方为其汇钱或进行所谓的投资。

遏制网络诈骗的策略

若要有效地遏制网络诈骗,当务之急恐怕需要立法机关、行政机关尽快制定并完善旨在规范、调节基于互联网展开、包含电子商务在内的各种网络经济行为的法律法规。在进一步加强网上监管力度的同时,相关管理部门需要采取行动,有针对性地加强对不法网站、虚假广告与不良信息的清理力度,尽最大可能去净化网络环境。

另一方面,网络经济领域内的从业人员应该加强行业自律意识,力避所属企业的用户个人信息外露。更为重要的是,人们在虚拟的网络世界从事经济活动时,自身需要时刻保持冷静和警惕,谨慎再三,避免对方轻易获取自己的重要信息和资料,让行骗人无计可施。

"金色盾牌,热血铸就,危难之处显身手……"在互联网普惠民生与社会的当下,诈骗行为也已从现实延伸至线上。防止网络诈骗,铸就虚拟世界的"金色盾牌",需要依靠我们共同的努力。

2012 年 6 月 25 日

暑假，想说爱你不容易

在万众瞩目中，一年一度各地中、高考的大幕徐徐落下。与炎炎夏日在不知不觉间同时到来的是又一个让莘莘学子"又爱又恨"的暑假——假期在学生眼中跟在家长的眼中总是存在多多少少的差异。面对时长近两个月的暑假，年轻的学生与那些总担心孩子输在起跑线的父母又该如何打算呢？

"读万卷书，行万里路，有耀自他，我得其助。"目前，国内一些中小学正在积极尝试通过有关中介机构，同海外国家或地区的学校建立联系，利用寒暑假定期地开展旨在拓宽学生视野、以出国游学为主要形式的文化交流活动。从实际效果来看，假期海外游学，一方面为学生提供了领略异国风光的机会，丰富了学生的假期生活，另一方面也开拓了学生的眼界、增长了见识：原本可谓一举两得。

尽管校方通常都会制定出往返时间、目的地、费用等各不相同的多种游学方案，以供学生结合自身的经济条件、兴趣范围进行选择，但是据了解，这类跨国游学所需要的经费普遍十分高昂。统一支出的往返机票、所在地食宿和学习等相关费用暂且不论，仅就学生在出行期间的个人消费而言，一次游学花去几万元实属普遍现象。对于部分生活条件尚且不错的家庭来说，孩子假日海外游学无疑都算得上是一笔不小的开支；在很多收入比较有限的家长看来，这种活动已经成为其沉重的经济负担。问题在于，当自己的孩子获得了这样的游学机会，家长们也只能咬紧牙关硬挺着，否则，总会觉得有愧于自己的孩子，甚至顾虑到会给孩子在同龄人中的竞争造成某些负面影响。因此，孩子的假期游学就使父母面临着进退两难的尴尬处境——这样的活动确有益处，但还需要量力而行。

如果说出国游学尚处于逐步兴起的阶段，所带来的问题也并未普及城乡。那么，补课则是家长在暑假期间为孩子安排的核心内容。尽管教育管理部门一再提出为中小学生减轻学业负担，但据学生们在采访中普遍反映，暑假期间火爆的各类补课班、衔接班、特长班、冲刺班仍旧是父母为他们做出的不二选择。当补课成为学生在夏天必须完成的一项"工作"后，暑假也就变成了学期痛苦而无奈的"延续"。特别是即将在来年面临高考或中考的学生，更是整日忙于各种补习，近乎"零放松"、"零娱乐"。

在很多学生眼中，合理安排假期的学习并非他们排斥的对象。事实上，他们也觉得在长达两个月的暑假里拿出一部分时间用于学习，以求"温故而知新"是很必要的事情。就他们自身的愿望来说，暑期补课班可以分为两种类型——文化课补习与才艺培训，且要相互交叉进行。同时，在文化课补习占据主要地位的时候，才艺培训一定不能被忽略，让学生根据自身兴趣爱好进行选择，既可以提高修养、陶冶情操，也可以缓解身体疲劳和精神压力。另外，有些学生认为，挑选补课班应尽量寻找适合自己的班型，绝非单纯地本着"不求最好，但求最贵"的理念一掷千金。这样，方能使师生之间更快、更好地产生良性的化学反应，实现效率最大化。

如果让孩子们自主设计一个暑假方案，他们会做些什么？又将如何分配自己的时间？采访中，有些学生认为，假期不该被繁重的课业压力填满，但也不是全部用来玩儿，甚至不应只赋予假期学和玩儿——这样简陋的两个内涵。换句话说，孩子们心目中的理想假期可以进行多元的切分与安排——与同学一起进行娱乐活动（包括出国游学、集体聚会等）；报名参加一些补课班，巩固学业，提升个人能力；属于个人的阅读（书籍、报纸、杂志、影视、音乐）时间、娱乐与休息的空间，用来做一些自己想做然而在正常学期里面没有时间和精力来完成的事儿：时间分配约为 1 : 1 : 1。不难发现，学生们的想法其实很简单，假期就是应该寓教于乐，劳逸结合。

这说明，孩子们对自己的假期有着十分务实而且全面的安排。他们既没有单纯地想着一玩儿到底，也不愿全面沦陷于课业重担，更不会不切实际、超越主客观条件向父母提出过分的要求。作为学生，他们最大的愿望就是假期的内容能丰富多彩，但色调永远只有一个——快乐。不论旅行、补课，还是休息、娱乐，能够从中感受到快乐才是最为重要的元素。

　　"池塘边的榕树上，知了在声声叫着夏天。"——2012年的暑假已经来临：一些学校已经开始筹备最新一期的出国交流活动；不少补课班也正在如火如荼地招生之中；很多家长更是绞尽脑汁地给自己的孩子设计一个"充实的假期"。然而，大人精心打造的这个暑假能给孩子们送去他们最想要的快乐吗？暑假，真是想说爱你不容易啊。

2012年6月30日

小城市正在承载大志向

"小城故事多,充满喜和乐……"曾几何时,这首《小城故事》红遍大江南北,为无数人争相传唱——一座小城以其如画般的景致激起了人们内心深处对素净淡雅生活的无限向往。

在时代高速发展了二十年后的今天,当年轻盈婉转的曲调或已不再流行。然而,在逃离"北上广"的呼声日渐喧嚷的同时,小城市所能带来的"收获"再次成为人们,尤其是年轻人瞩目的焦点。

近年来,在就业压力和生存竞争不断加大的形势下,相当一部分迈出校园的应届毕业生纷纷选择去二三线城市谋求发展。不少怀揣梦想的年轻人不愿以"蚁族"的身份苦苦挣扎于所谓的一线城市,相反他们对于奔赴中小型城市就业、生活的热情在不断高涨。

据智联招聘调查,在2012年应届毕业生十大期望就业城市排名中,成都、武汉、西安、厦门等二三线城市同时入选。这其中，成都的就业期望值更是成功超越一线城市深圳，跻身榜单的前四名，成为一大亮点。最近发布的《中国人力资源服务业白皮书（2011）》调查显示，不少"北上广"大学生已经将就业地点转移到二三线城市，甚至基层；相对于"北上广"而言，作为生源地的许多中小城市重新进入到这些初别校园的年轻人视野。不少来自北大、清华等国内顶级院校的毕业生也渐渐将目光投向二三线城市。调查同时显示，近几年北京大学的毕业生京外就业率明显提升，当前已达到35%，陕西、四川、广西等中西部地区均成为其求职地点；清华大学毕业生京外就业率同样稳步提高，最近五年已增加超过10%。此外还有一点需要特别注意，在2007届选择"北上广"等大城市就业的毕业生中，如今已有22.2%的人选择离开，转去往其他地方就业——所谓的逃离"北上广"。年轻人在实现梦想的过程中放弃大城市已非偶然现象。

经了解，年轻人放弃"北上广"的主要原因莫过于惨烈的竞争。绝大多数一线城市的供职单位均对求职者的学历背景有明确甚至苛刻要求，不是"211"、"985"，就是硕士、博士。尽管就很多工作的性质、内容而言，非名校的、本专科层次的毕业生同样可以胜任，但大部分单位的门槛仍旧是高不可越。这就导致一线城市的高层次人才过度集中，人才浪费暂且不说，即使想要谋得一个职位也早已是难上加难。此外，选择在大城市工作、生活，人们不仅要应对激烈的竞争和繁重的压力，还不得不直面生活高物价、环境重污染带来的挑战。买房难、入学难、就医难等问题迫使他们不得不日复一日、年复一年地"奋战"于职场内外，这必然在很大程度上导致其渐渐失去了对于一线城市的兴趣。在智联招聘统计出的由国内 21997 名 2012 年应届毕业生参与调查的求职要素排名中，发展前景位居榜首，占 51.4%；工资待遇以 46.2% 排在次席；而工作地点仅仅位居第三，只占 22.6%。这说明，在现今的应届毕业生看来，只要自己的事业有前途而薪酬又不低，去哪里工作并不是很重要。事实上，相对于一线城市诸多的"城市病"而言，二三线城市反倒在生活环境等方面更适宜人居，这也正是北京、上海、广州从未进入"宜居城市"之列的主要原因。

相比之下，目前越来越多的大中型企业逐渐将研发基地或制造工厂搬迁至二三线城市。

　　同时，许多企业开始尝试在二三线城市增加用工人数并提供优厚的待遇，以此吸引更多优秀人才去那边工作。不仅如此，为了平衡应届毕业生就业区域，近几年国家先后出台"西部计划"、"三支一扶"、"大学生村官计划"等多项政策，以求引导年轻人到中小型城市寻求发展。凡此种种使得二三线城市的就业机会变得更多，发展潜力变得更大，职场和生活的压力也能得到缓解，这也成为应届毕业生"回流"的重要元素。

　　当然，越来越多的应届毕业生奔赴二三线城市就业，不仅仅为其自身开辟了更加宽广的职业道路，也给这些"小城市"提出了新要求。《中国青年报》调查表明，69.8% 的人觉得二三线城市应进一步提高其宜居程度，另有 58.3% 的人认为，中小型城市需要加快文化建设，满足年轻人精神文化生活的需求。这说明，将人才吸引到二三线城市只是第一步。唯有城市自身不断"升级"，那些刚刚离开校园的青年才俊方能真正将自己的青春和梦想倾注于这片土壤。

　　"若是你到小城来，收获特别多……"未来，势必会有更多年轻人去"小城"就职、生活，并讲述新的故事——一个小城市承载大志向的故事。

2012 年 7 月 10 日

城市，请打造一张属于你的名片

"豫章故郡，洪都新府。物华天宝，人杰地灵。"王勃的《滕王阁序》不仅被后人传诵至今，更是让其所在地——江西省南昌市的知名度大幅提升。每年，为参观这座古楼而光顾此地的国内外游客可谓不计其数。如果说巍峨耸立的滕王阁是南昌这座古城的象征，那么，我们可以毫不夸张地说《滕王阁序》俨然成为关乎这座城市的公益宣传广告。

事实上，像这样散发着文化芬芳的"公益广告"或者说闪烁着文字魅力的"城市名片"在国内外并不鲜见。打造一张彰显个性与特质的"城市名片"越来越受到城市发展与建设部门的重视。

作为世界五大佛教圣地之一，五台山承载着悠久而厚重的佛教历史与文化，并为其所在地——山西忻州带来了丰富的旅游资源；被称作世界上最大的地下军事博物馆的秦始皇陵在很大程度上为陕西西安赢得了享誉海内外的盛名；因诗仙李白的一句"故人西辞黄鹤楼，烟花三月下扬州"，湖北武汉和江苏扬州声名更盛；凭借苏轼的一句"欲把西湖比西子，淡妆浓抹总相宜"，浙江杭州借西湖的"人间天堂"之名而人气骤增；至于张择端的《清明上河图》，其大气磅礴、鬼斧神工的笔墨则使得河南开封令无数游客为之心驰神往。历史发展进程为国内许多城市馈赠了一份厚重的文化资源。在旅游经济不断勃兴的当下，这些资源正在被负责城市发展与建设的相关部门不断发掘。这一做法既宣传了城市，带动了经济发展，又推广了独特的地域、历史文化，着实是值得推广的举措。

不过，当一些城市幸运地拥有这些文化资源的同时，另一些城市却在打造"城市名片"的过程中因遭遇资源短缺的瓶颈而显得捉襟见肘。于是，一些"乱象"纷纷涌现。从"某某城市，一座'叫春'的城市"到"某某城市，我靠重庆"，当人们一边惊呼一条又一条"史上最牛城市宣传语"横空出世的时候，我们不得不认识到这样"宣传语"或者"城市名片"不要也罢！

问题还不止这样简单。除了这些令人无法认同的、以吸引眼球为目的的网络化宣传语之外，不少城市并没有意识到打造"城市名片"应该苦练"内功"。类似出租车拒载、旅游景区宰客等不文明现象不时发生在部分城市。从某种程度上说，这些行为不仅破坏了城市的形象，更是成为人们眼中一座城市的"另类招牌"，起到负面宣传的作用。这些足以引起城市发展与建设的决策部门深思。

那么，人们究竟该如何打造符合当代特色的优质城市名片呢？

　　"城市名片"最大的价值莫过于从正面宣传一座城市的历史、文化、经济乃至社会风气。问题的关键在于与其在宣传上大搞噱头，不如竭尽所能修炼"内功"。正因如此，想要打造一张成功的"城市名片"，核心应该是严格管理窗口行业，加大城市综合整治的力度。类似于此前提及的拒载、宰客等违规甚至违法行为应得到及时、有力、有效的治理，并及时向公众公布，提升城市的良好形象以赢得口碑。另一方面，"城市名片"应该是个性化的，不同特色的城市更应该因地制宜打造能够彰显自己特点的名片。比如海滨城市、内陆城市、文化古城、经济中心、交通枢纽等，从特色出发各做文章，而不应盲目地在 GDP 或者城市最高建筑等指标上面进行攀比。再者，"城市名片"应该是积极、健康甚至高雅的。人们提到昆明就会想到四季如春的草木；提到桂林就会想到甲于天下的山水；这些均是或贴有时代标签或具有"正能量"的城市资源。若能以此加以创作诸如歌曲、书画、广告语、宣传片等"城市名片"，势必能使人更好地了解这些城市的当代特色。

　　"志雅何须大，有麝自然香！"未来，我们需要打造出更多能够体现出城市特色、具备文化品位的"城市名片"，来宣传属于我们的家园。

2012 年 7 月 17 日

汽车，城市之殇？

十年前的一部《黑客帝国》令不少人开始向往有朝一日能驾驶奥迪 A6；数年前又一部《变形金刚》使很多人立志购买一辆黄色雪佛兰；由北京和上海轮流举办的国际车展更是开拓了人们的视野，从国际豪车到自主品牌——等级不同、价格各异的汽车纷纷迎来了自己的主人，驶进了大街小巷。然而，在越来越多的人纷纷选择购买私家车时，城市开始遭遇越来越严重的空气污染、交通堵塞等一系列问题。

不久前，广州市正式颁布汽车限购令，并成为继上海和北京、贵阳之后国内第四座采取限制汽车消费政策的城市。这也许意味着，汽车已成为城市化进程中，人们必须直面的伤痛。

2002 年迄今，不同品牌汽车在国内年产销量已由最初不足 200 万辆骤增到 2000 多万辆，足足增加近 10 倍。这其中，新车销量平均每年净增多达 400 万辆。与此同时，民用汽车保有量从 1800 万辆一举突破 1 亿辆大关。客观上，我们必须承认汽车及相关产业的火爆已成为带动国内经济发展的重要力量。但是,另一个不得不接受的事实是:汽车在相当程度上对城市建设,尤其是在环境治理、交通运行等方面造成了严重影响。数据显示,国内主要城市 70% 的 PM2.5 源自汽车尾气——这成为许多环保人士诟病的焦点。不夸张地说,就"北上广"等城市而言,一辆汽车所带来的损害已经超越其本身的价值——汽车体现出的"效率"往往并没有实现人们购车时的初衷。更为严重的是,在一种近于恶性的消费循环中,汽车消费量急剧膨胀。就此而言,城市管理与建设部门先后采取限购政策实属无奈之举。

不过，限购令终究只是权宜之计，最多是在一定程度上起到延缓城市车辆快速增长的作用，而无法从根本上遏止人们的汽车消费需求和改变汽车给城市带来的窘境。

以往，骑自行车也好，坐公交车也罢，抑或是搭乘出租、地铁，人们使用交通工具的核心诉求无非就是上下班或逛逛商场等等。然而，随着时代高速发展以及国内居民生活水平的不断提升，人们的日常生活变得更为丰富多彩。外出就餐、娱乐、购物，乃至旅行的频率与选择都大幅增加。在这种情况下，大多数人都希望能有一辆属于自己的汽车，以求出行更加方便、舒适、快捷。另外，尽管现今地铁、公交车等都市交通工具并不匮乏，但仍旧不能保证全天候运营。加上出租车的出行时段越发有限，并且时有出现的拒载现象，致使很多人在选择外出时间、地点等方面彰显出公共交通日益明显的局限性，这也从客观上加剧了消费者的购车欲望。因而，即便"北上广"先后采取限购措施，依然会有大批的潜在消费群体加入到竞拍、摇号的大军中去。大中城市汽车保有量也势必会继续增加。

其实，若想从根本上解决汽车给城市带来的一系列问题，确实应该尽可能地引导人们放弃频繁、低效的汽车使用。当然，这不应当以剥夺或者遏制消费者的购车权利为主要手段。相反，城市管理与建设部门需要设法像丰富人们业余生活那样，丰富人们的出行方式，提供人性化的公共出行服务。

具体来说，有关部门最先应该进一步拓宽交通工具的种类并积极探索提升公共交通运力的措施。否则，人们宁愿手握方向盘耗在路上一两个小时，也不会希望自己被挤成"照片"。此外，相关行业要尽量延伸、扩展公交、地铁等主要公共交通工具的运营时限和区间，实施夜班常态化制度，以提供 24 小时不间断服务。特别是出租车，在加强运营管理、确保出勤率、杜绝拒载现象的同时，还应尝试预留一部分车辆，供有紧急需求的乘客电话预定，进而最大限度地满足不同消费者的外出乘车需求。不仅如此，城市建设部门也可以加大对空间的利用率，用以某些交通肯繁位置的有效疏导，以保证流量与效率。如此，大中城市汽车过度饱和的状态或许能在一定程度上得到缓解。

正所谓："川壅而溃，是故为川者决之使导。"汽车限购令虽能暂时遏制城市车辆骤增的势头，却无法从根本上治愈"城市汽车病"。唯有不断丰富交通资源，方能正确引导购车族离开驾驶座，或真正做到购车容易、驾车也容易，进而还给街道、停车场、住宅区乃至整座城市一道整洁、通畅、亮丽的风景线——届时，汽车，或不再是城市之"殇"。

2012 年 7 月 23 日

迈向可持续发展的电价"阶梯"

在市场经济条件下，促进发展方式转变和能源优化使用主要还是要靠经济手段，而价格机制是最重要的经济杠杆。建立"多用者多付费"的阶梯价格机制，将有助于形成节能减排的社会共识，促进资源节约型、环境友好型社会的建设。

在国民经济可持续发展战略框架下，不久前，发改委在有关阶梯电价的问题上做出如下决定：全国 29 个省市区结束价格听证，各地将陆续出台阶梯电价实施方案，并已于 7 月 1 日起在全国全面试行——这代表着国家有关节能减排的这一最新举措正式落地。

经济建设与社会发展的实践对能源的合理、高效利用提出了越来越高的要求。作为人均能源相对短缺的国家，我国在这方面遭遇到的问题可能更为严重。在这样的形势面前，积极转变发展方式、探索能源消费的最优化途径成为每一位社会成员需要思考的问题。

由于历史的原因，我国长期实行工业电价补贴居民电价的交叉补贴制度。从消费结构上看，高收入家庭电力能源消耗的比重远远超过中低收入家庭，又在一定程度上造成了能源的浪费；随着时代的高速发展，国内居民的生活水平得到显著提升，日常生活随之变得丰富多彩，对电力等能源的消耗也在急剧增长。对于有关部门来说，出台切实有效的节能措施更是迫在眉睫。阶梯电价制度必将成为利用价格杠杆促进电力能源优化使用的有益尝试。

　　实施阶梯式电价在国际上，诸如美国、日本、韩国等国家的经济发展中早有先例。阶梯电价在我国也并非近期提出的权宜之计。有关部门早在2008年便已着手研究出台这项政策的可能性；在2010年形成初步的框架性方案后，又通过互联网对外征集并收回来自社会各界的21794条建议；之后有针对性地对原有方案进行了一定规模的修改；今年5月开始，在全国各地举行听证会，进一步吸纳各界人士的意见，并继续对方案予以修改、完善。直至正式步入实施阶段，阶梯电价政策整整被酝酿四年之久。

　　然而，阶梯电价这样的节能措施还仅仅处在初步实施阶段。若想真正实现能源优化使用、经济可持续发展的目的，有关部门还需要及时、广泛地听取社会各界人士在这项政策试行的反馈信息。

　　就该政策在试行前最后一次听证会上人们针对性提出的建议来看，阶梯电价未来可能面临的问题主要集中于两个方面：其一，由于各地居民消费水平不一，目前第一档电量在国内东西部的标准各不相同。但是，随着各地区经济的发展及居民生活的改善，相关部门需要及时对其进行相应调整，以求平衡居民用电、节电的需求与条件。其二，为了能够灵活处理因家庭人口差异而产生的用电问题，一些地区规定，超过一定人口数量的家庭可以在得到有关部门审批后，进行分户分表或增加用电基数。不过，对不少人口总量不多，却包含老年人、残障人及居家办公人士——这样长期在家且时刻需要用电的家庭，相关部门也应根据实际情况，在有效核实的基础上适当对其提高相应档次的用电标准，从而公平、合理、人性化地引导人们合理用电。若要做好上述两项工作，需要相关管理部门投入相当的工作热情与耐心。唯其如此，阶梯电价政策方能持久推行下去，从而翻开国内节能减排的新篇章。

有专家指出，从长期发展趋势和我国当前面临的资源能源供需形势看，我国未来可选择的经济发展模式只能是"科技含量高、经济效益好、能源消耗低、环境污染少"。能否有效构建这一经济发展模式，与能否尽快形成能源合理、高效利用的全民共识密切相关。当然，在全社会形成节能减排共识，推行居民阶梯电价只是第一步，天然气、自来水等能源在使用过程中也面临着与电力能源同样的问题。从这个意义上说，阶梯电价政策的试行又超越了自身，更具广泛的探索意义。

正所谓："强本而节用，则天不能贫；养备而动时，则天不能病；循道而不忒，则天不能祸。"节能减排不仅能改善我国资源储备、优化环境，使人们生活得更加健康，更能为后人攒下一笔最为宝贵的财富。正因如此，每一位居民都有必要，且有义务去落实阶梯电价这一利国利民、利人利己的措施。

2012 年 7 月 29 日

城市发展与城市顽疾

据相关数据，截至 2011 年，国内城市化率已超出 51%，我国全面迈进以城市为主体的社会发展阶段。北京、上海、广州等一线城市更是通过成功举办奥运会、世博会、亚运会这样的大型国际性文体活动向全世界展示了非凡魅力。

然而，随着一栋栋高楼拔地升天、一辆辆豪车驶向街头、一波波志在有所作为的青年纷至沓来，资源短缺、交通堵塞、房价高涨等一系列问题相继出现：城市顽疾，又称城市病——这一略显生涩却又十分贴切的概念逐渐凸显在人们面前。

人口不断涌入并长期留守是一座城市不断扩大规模、快速发展的重要条件。但是，这也大大加剧了城市各项资源的消耗。其中，除了医疗、教育等公共资源在庞大的人口基数前日显短缺外，水力、电力等自然资源紧张无疑更能引起社会的普遍关注。以北京为例，在地区生产总值持续增高，人均 GDP 突破 7 万元的同时，全市人口总量在 2011 年已超过 1960 万，较 10 年前增长约 604 万人。这其中非户籍人员约 704 万人,占常住人口 35.9%。据不完全统计,截至 2010 年末,北京市人均水资源拥有量只有 100 立方米左右,尚不足纽约、巴黎、东京等大都市的 5%,而全市一年用水缺口高达 10 亿立方米,只能频繁通过超额采集地下水,从外省市调水等方式来"解渴"。此外,随着人们生活水平的提高,汽车销量逐年递增,私家车保有量持续增长,包括北京在内的许多大中城市饱受交通拥堵——这一城市顽疾的困扰。问题不仅仅在于城市大小道路长期拥塞不堪,大量排放的汽车尾气直接导致城市局部环境高污染——这些均使居住其间的人们的生活品质大打折扣。更为严重的是,与其作为一线城市的繁华相应,这里的房价也在不断飞涨,初入职场的年轻人固然望尘莫及,即便是所谓的"中产"也会在房贷的重压下步履维艰。北京这样的城市的确拥有鸟巢、水立方、万事达中心等现代化文体设施,然而对于个体而言,安身之所才是亟待解决的难题。租房贵,买房更贵。人口激增造成了城市生活空间日益遭到挤压,越来越多的人"想有个家"却不易得,生活负担、精神负担倍增。显然,上述问题已经成为国内城市在现代化、国际化进程中染上的最常见"城市病"。

其实,很多国际大都市都曾遭遇过类似的城市病。纽约的总人口数量早在 1921 年便已经达到 618 万,在这一过程中,严重的空气污染导致城市成为疾病高发区,人均寿命不足 60 岁,婴幼儿死亡率约 20%;20 世纪中期,伦敦的总人口数量从最初的 400 万增长至 800 余万,以致住房短缺、贫民区增多、公共资源匮乏、交通拥堵不堪，并且出现过以"伦敦烟雾"为代表的诸多环境污染问题；在 1950 年至 1970 年的 20 年间，东京总人口数量由 628 万骤增至 1140 万，地价暴涨、环境恶化、生活成本增高等问题也随之而来。

在城市化成为社会发展基本形式的过程中，城市病真的难以避免吗？我们又该如何积极治理这一"疑难杂症"呢？

不可否认，城市病的最主要诱因是产业资源过于丰富，以及相伴而生的人口过度集中。从某种角度而言，产业资源是吸引人口向城市聚集的最主要砝码。当产业资源向城市倾斜，人口就会出现相应倾斜。所以，若要解决这一问题，相关部门最先应该尝试对大型城市的产业资源进行合理调整，将一些企业转移至城市周边地区或者选择更为适宜的农村乡镇作为企业基地。这样一来，与产业资源相一致的人口就会从城市中分散出来，在一定程度上缓解公共资源不足、自然资源短缺、环境污染、

交通拥堵、住房紧张等问题。此外，国家还需出台一些有针对性的法律、法规和政策，以求从细节上治理城市病。具体来说，一是在继续完善阶梯电价的同时，争取落实更多自然资源的使用有偿化与价格阶梯化，尽可能降低消耗，节省资源；二是设法扩充公共交通工具并改进交通服务行业的服务质量，在方便人们外出的前提下，引导其使用公共交通工具，力求减少私家车的出行率，净化空气环境；三是继续调控房价，坚持推进房地产市场的各项调控工作，促进房价回归合理价位，满足市民的合理租房、购房需求。凡此种种，或能有效治理城市病，促使城市得以健康地发展下去。

随着社会发展，国内城市化率未来势必会进一步提升，越来越多的城市也将向着现代化、宜居化、国际化的目标大踏步迈进。正因如此，如何确保最大限度地防止、医治城市顽疾，无疑值得相关部门乃至全社会深入思考。

2012 年 8 月 6 日

拿着"算盘"办奥运

随着伦敦碗主火炬缓缓熄灭，四年一届的奥运盛会也徐徐落下帷幕。在16天的盛会里，来自不同国家与地区的运动健儿凭借超群技艺为全球观众奉献出一场场精彩纷呈的体育盛宴，不断引领人类迈向极限并超越梦想。

然而，在这样一个经济全球化的时代，在体育成为人们交流桥梁的同时，商业经济也不可避免地被联系在一起。奥运会这种大型国际赛事给举办地经济带来何种变化尤其吸引人们的注意力。

据国外相关数据调研与编撰机构发布的数据显示，英国制造业的采购经理人指数——即PMI在2012年7月只有45.9。但是，瑞银集团的外汇策略师沃克尔近日指出，英国服务业的PMI在7月份为51.0，不仅仍处于扩张区域，0.3的下降幅度也较下滑8.5个点的制造业更胜一筹。不过，沃克尔同时表示，如果将这两项PMI相结合，其综合数据还是在2012年7月从

51.4 跌落至 49.4，并且创下自 2011 年 4 月以来的新低。因此，如果单就数据来看，伦敦奥运会对于英国第三季度经济的拉动作用相当有限。

虽然奥运会没能使英国总体经济状况欠佳的局面得到有效改观，但伦敦奥组委对于本届体育盛会的投入力度却并没有削弱。

国外相关媒体提供的调查数据表明，从 2003 年申办至 2012 年正式开幕，伦敦奥组委用于本届奥运会的各项支出已经远远超出预期的 30 亿英镑（约合 47 亿美元）。其中，他们仅在安保方面的开支就超过 5.33 亿英镑（约合 8.67 亿美元），而用于城市道路建设与维修、交通工具购置与维修的费用则早早便超出预算的 90 亿英镑（约合 141 亿美元）。如果加上各类比赛场馆与设施的建设、改造、升级等一系列投资，本届奥运会的最终成本约为 240 亿英镑！这也使伦敦成为继 1996 年的美国亚特兰大之后，超预算最为严重的奥运举办城市。

问题是，既然奥运会并未能如人所愿，有效地改善英国的经济现状，为何英国人还要祭出如此大手笔，他们究竟是出于何种考虑呢？

从奥运会赛事本身及其周边产品开发的角度考虑，我们不难发现，作为本届赛事的举办地，伦敦还是会从很多方面赚取到一定利润。首先，奥运会拥有数以万计的关注对象，能够亲临现场一睹各路英豪的飒爽英姿更是无数人盼望实现的梦想。所以，奥运会赛事的转播收益和现场门票的销售收益势必非常可观。其次，许多热爱体育、热爱奥运的人们都有在赛事期间购买相关纪念品，以求珍藏一份奥运记忆的习惯。因此，通过出售以吉祥物文洛克为代表的奥运会特许商品，同样能盈利不小。凡此种种，证明伦敦承办奥运会绝非没有利润。

大型体育赛事成本与效益分析专家，同时也是美国俄克拉荷马大学曼德斯商学院经济学教授的乔纳森·威尔纳对伦敦奥运会的成本与收益更有不同于一般人的独到观点。他指出，伦敦地铁系统 Tube 在近 40 年里一直都需要修复与重建，却始终未能实现，直到 2012 年奥运会拟正式落户于此，该工程才借机上马并最终得以顺利完成；至于伦敦乃至周边城市的一些老旧交通工具也同样得以更新换代。加上新近修建的体育场馆和公共设施，伦敦城市诸多硬件设施都因奥运会而得以升级。此外，作为市内发展相对滞后的伦敦东区更是得到了发展机会。该区为奥运参赛选手建造的公寓目前已经全部售出并实现盈利。如果没有承办这种大型国际文体活动的契机，这样大规模的兴建工程很可能无法获取公众的支持。这些其实才是伦敦不断加大投入来筹办奥运会的更长远、更深刻的目的。

至于作为奥运举办城市，伦敦国际受关注度随之得到进一步提升更是自不必说。随着本届赛事成功举办，越来越多的人将会光顾伦敦。期间，他们在交通、游览、购物、食宿等方面的花销自然不会是少数。在威尔纳教授看来，伦敦政府及企业更看重的是举办奥运会能对这座城市所起的宣传效应，而绝非单纯地看重经济效益。

四年一届的奥林匹克盛会已经告一段落，但它留给人们回味的东西却还有很多。这其中，不仅有赛场之上的经典时刻，更包括赛场之外的一笔经济账。伦敦大力投入、不断超支，在确保赚取利润的前提下，力求实现城市全面升级并最大限度地宣传城市，扩大其知名度与影响力的举措是否成功？显然值得人们研究与思考。

到了 2016 年，里约热内卢又是否会效仿前人，拿着"算盘"办奥运呢？

2012 年 8 月 14 日

网购为实体店敲"警钟"

在信息化时代，网络成为人们学习、工作、生活中不可或缺的重要资源。近日，国内几家知名购物网站大打价格战，这不仅引发了电商界前所未有的激烈竞争，也让无数人开始正视并关注网购——这种在一些人眼中略显陌生，却早已不算新鲜的购物模式。

然而，电商如此不惜血本的掀起价格战，除了使人们在网上购物时得到更多对比、选择的机会，还将大批购物者的注意力吸引到网络。对于那些坐落在城市各个街头的实体店来说，这无疑是一次更为严峻的考验。

事实上，实体商店一直在国内居民的消费生活中扮演着主角。随着国内经济不断发展，越来越多的实体店落户于大街小巷。其中，既有价格低廉、方便群众的小商品市场，还有现代化的综合型商城及购物超市，更有国内外各类知名品牌的专卖店。这不仅在很大程度上满足了人们的消费需求，又反过来促进了国内经济的进一步繁荣。

但是，由于时代的高速发展，人们在购物时的相关需求也随之提高。这样一来，实体店便不可避免地暴露出自身短板。首先，实体商店店面比较有限。一般情况下，人们只能在货架上看到整齐码放的热门商品、主流新品，而很难找到自己中意的宝贝，无法真正做到予取予求。其次，由于地理位置各不相同，人们很难在短时间内光顾多家实体店。如此，他们自然也就无法对中意物品的价格、质量、款式等信息进行足够全面与细致的比对，所谓的"货比三家"往往只能成为一纸空谈。加之每逢节假日，实体店都会涌入大量顾客，购物排队、交费排队、停车排队等一系列耗时耗力的问题同样会逐一呈现于人们面前。更重要的是，很多实体商店在不断升级并完善硬件设施的同时，却未能注重培养服务人员的业务能力，以致其无法对自己销售商品的款式、资料、市场及相关动态做到足够了解。这样一来，当顾客提出有针对性的问题时，他们常常做不到应答自如，进而出现消费者因不能确定物品信息而放弃购买的尴尬情况。所以，在很多人眼中，"逛商店"更像是一种消磨时间的方式。

在这种情况下，京东商城、苏宁易购、国美、淘宝、当当等一系列购物网站应运而生，其方便快捷的购物方式与细致入微的服务更是令人眼前一亮。

相比于实体店，网店最大的优势就是货品更为齐全。因为是利用虚拟空间，甚至是代理业务，而由厂家直接发货的方式进行销售，网上店铺中的同类商品往往能够涵盖数十，乃至成百上千种款式，使人们的选购余地得以无限加大，买到心仪物品的概率也会大幅提升。同时，由于是在网上购物，人们在挑选物品时，只需填写商品名称或者部分相关关键词，便能通过浏览不同网页快速光顾多家店铺，而物品的价格、品相、有关信息也是一目了然，且下单、交费都十分便捷。此外，因为顾客能够给网店打分，并且会显示在店铺页面，所以大多数网上卖家都非常看重服务质量，不仅态度极好，对物品的一系列资料也了解得比较透彻，可以做到有问必答，从而最大限度地满足顾客对于商品的知情权，使其顺利购得所需。物流行业的快速发展，更能为网点消费者提供送货上门的服务，免去车马劳顿。这就使顾客的整个购物流程可以节省大量时间与精力。凡此种

种，都证明网络商店确有独到之处。

通过上述对比，我们不难发现，实体店若想应对网络冲击，最先应该做到的就是改变自身的运营模式，分类打造更多专业卖场。如此，不仅能为顾客提供同类商品中的更多款式，使需求不同的人们都可以觅得心仪物品，还能引导其有针对性的光顾各个店铺，以求客流合理分配。另外，实体商店还需对销售人员进行持续更新性培训，拓展有关销售商品知识，提高服务质量，强化业务能力。这样，方能优化购物环境，最大限度地满足顾客的要求，从而提高销售的成功率。

随着科技不断进步，网络全面普及，丰富的商品、便捷的流程与优质的服务日益成为消费的核心元素，这无疑对凭借此三项优势而立足的网店更加有利。正因如此，电商们才会大打价格战，提前争夺市场。对于那些很可能在未来的竞争中落于下风的实体店商来说，这记"警钟"敲得正是时候。

2012 年 8 月 21 日

降价，不应成为商家的《九阴真经》

在"大侠"金庸的《射雕英雄传》中，数位顶尖高手竞相争夺、以为得之便能成为天下第一的《九阴真经》激发出无数读者的好奇心理，堪称小说的一大亮点。事实上，以这种竞争至高无上的武学秘笈、谋求一统江湖为主线情节的武侠类文学作品可谓不计其数。

如今，国内多家知名网购平台同样为争夺业内"第一"而互不相让。在这些电商眼中，似乎"廉价"就是那部人人梦寐以求的《九阴真经》，能够帮助自己领袖群伦、得偿夙愿。

近日，由京东商城引发的电商价格大战成为社会关注的热点，其影响不但波及苏宁、国美、当当、易讯等知名网店，同时也引发商界和社会各界对究竟该怎样开展市场竞争的反思。

尽管这种价格战很快被指有联手炒作之嫌，但仔细观察不难发现，随着信息化商业时代的到来，行业间的市场竞争也在日益加剧。在这种竞争中，降价依然是商家打压竞争对手，赢得更多顾客，提升营业额度的最直接、有效的方式。毋庸置疑，价格一直是企业用来竞争市场的一张王牌。即便当今的营销技术日益发达，营销策略五花八门，降价起到的促销作用仍旧不可忽视。

但是，若想真正占领市场，成为"天下第一"，仅仅依靠大打价格战还远远不够。更有甚者，大打出手的价格战必然会给商家带来不少损失。首先，持续不断地实施低价销售，将直接导致企业的利润减少，进而影响其在营销、管理、研发等环节的投资力度。如此一来，企业的发展瓶颈也会随之骤降，甚至可能出现降价幅度高过销量上升幅度的情况。简单地说，就是销售得越多就亏损得越严重，这无疑是一种恶性循环。其次，随着电视、网络等各种信息渠道日益普及，人们对于各类商品的了解远比以往更加细致、透彻，一分钱一分货的道理也逐渐被很多人接受。商家长期下调产品价格，会使顾客对其质量产生疑问，反倒会在一定程度上造成企业形象与知名度下降，以及优质顾客群的流失等不利局面。因此，大打价格战虽然能在短期内帮助企业争夺市场，吸引顾客，以达到清理库存，缓解资金压力的目的，但长此以往，势必因市场供求关系不够稳定而贪小失大。

在如今这样一个经济全球化的时代，全面了解不同顾客的喜好、需求，以及顾客对于各类商品的心理价位等一系列信息，并且随时与之保持互动，不仅已经成为企业营销过程中十分重要的一项工作，更是企业寻求积极、可持续发展的必要前提条件。

之后，商家可以根据从顾客那里获得的信息，结合自身的特点，打造风格更加独特的企业，以求充分发挥自己的优势，做到人无我有、人有我新，进而提高市场竞争力，争取高额利润。此外，商家还必须强化自身的服务意识。毕竟，在很多时候服务质量会直接左右商品销售的成功率。若能不断提升专业知识、改善服务态度，并且可以满足顾客的个性化需求，解答其提出的关于产品的各方面问题，销售难度自然会随之降低。凡此种种，都是企业实现高效营销、进入良性循环的上佳选择。

很快，又一个人称"金九银十"的销售旺季便会到来。届时，各路商家势必为抢占市场的主动权而绞尽脑汁，并且上演新一轮激烈的竞争，价格战也很可能再度成为其中必不可少的作战方式。不过，能够最终技压群芳，登上商界"华山之巅"的企业绝不会将目光全部放在"降价"——这本《九阴真经》上。

2012 年 8 月 28 日

"Apple"并非大学核心元素

　　开学前夕，一名即将迈进大学校门的女孩向家长索要所谓的"Apple 三件套"——iPhone4S、iPad3 和 macbook，并给出"不买就会让她在大学里丢脸"的理由。然而这套总价超过两万元的"入学装备"，让女孩的母亲只能在 Apple 专卖店门前伤心哭泣。

　　事实上，近几年类似的事件可谓屡见不鲜。

　　随着独生子女的增多，本没有任何收入来源的学生，在很多时候却成了消费的主体。这样的消费往往带着一层附加的色彩——家庭的实力或父母的地位，消费逐渐变成了一种攀比。这种风气一旦形成，很难扭转。更为严重的是，学生非理性、高额的消费容易形成其看重金钱，乃至崇拜金钱的缺陷人格。从某种意义上说，觉得没有"三件套"就会丢脸的姑娘正是这一风气的受害者。

　　学生高消费现象早就引起舆论的质疑和否定。但是，这种现象却愈发呈现出上升趋势。他们不仅将目光转投最新颖、最时尚的电子产品，且比以往更注重品牌和配置，一些孩子更是非"Apple 三件套"不用。对于很多经济状况欠佳的家长而言，孩子在物质生活方面的"高要求"、"高消费"使其倍感压力。

其实，学生，尤其是大学生之所以会存有高消费的意识，家庭、学校、社会各方面都需要承担一定的责任。

众所周知，在绝大多数家庭看来，孩子高考是一件极为重要的大事儿。为了孩子能在这一天考出理想的成绩，顺利进入理想院校，很多家长往往会在前期持续进行不计成本的投入，且时常给孩子灌输"给爹妈争口气"、"看看人家的孩子"，尤其是"考好了给奖励"等等极其功利的思想，使得不少孩子渐渐将考大学错误地理解为必须给父母完成的、用以换取自己心仪物品的一项"任务"或者"工作"。于是，当他们拿到录取通知书后，也就自然而然地认为父母应该为此付出相应的报酬，而父母则每每因孩子考上了大学而尽量满足其物质需求，从而在很大程度上助长了这一不良风气。

同时，由于学校几乎不可能制定大学生在校期间的消费标准，对学生之间请客吃饭、外出游玩、节日送礼等越来越普遍、越来越不符合身份的现象无法展开针对性地约束，结果是，离开父母的大学生逐渐成为消费领域的"黑马"，超出能力的高消费、借贷消费、信用卡透支等现象在不少大学校园中几乎随处可见。这一不良现象也在更深层次推动大学生的心理变化：一旦自己的花销无法同身边多数人相比，有些人就会产生自卑感，所以，他们才会因"害怕丢脸"而坚持要求购买"Apple 三件套"。

就目前的情况看来，若想从根本上遏制并改善这种校园高消费现象，还是需要家长与学校，乃至全社会的共同努力。

从家长的角度来说，他们需要改变自己对于学习的定义，特别是不宜要求孩子以"考高分，上名校"来回报自己。打消那种让孩子上学是种"定向投资"的概念，让孩子淡化索取高额"报酬"的念头。

至于学校方面，则应该在全面了解学生生活状况和思想动态的基础上，利用多种途径，并通过强化内部管理，从思想教育上加大宣传简朴生活、专注学业、回避攀比、杜绝浪费等观念的力度，以求引导学生的消费观和价值观的回归。

此外，当学生的高消费与商家的推波助澜产生必然联系时，商业领域也要强调行业道德以求自律，避免为了赚钱而向学生灌输不良的消费观念，应承担起应尽的社会责任。

2012 年 9 月 2 日

外企裁员：杜拉拉们何去何从

两年前，一部《杜拉拉升职记》先后凭借电影版和电视剧版红遍大江南北，主人公杜拉拉更是在一夜之间成为令无数外企白领膜拜的偶像，以其经历作为自己职业生涯的模板。然而，如今随着不少外企相继开启裁员计划，杜拉拉们的传奇故事似乎也正在告一段落。

近日，摩托罗拉南京地区研发中心宣布裁员近 500 名员工，裁员幅度高达 40%。消息一出，立即引来社会各界人士，尤其是外企员工的关注和热议。摩托罗拉方面表示，南京地区的裁员仅仅是其全球裁员计划的一部分，接下来一段时间内，摩托罗拉在北京、上海及全球其他地区的员工也将面临这一情况。

据国外一些媒体报道，随着全球经济增长速度的放缓，特别是全球金融危机以来，包括英特尔、诺基亚、百思买等不少跨国企业都已经推出裁员计划，甚至掀起关门风暴。其中，索爱早在 2008 年宣布预留 1.29 亿欧元用于裁员；微软则在 2009

年宣布裁掉 1.5 万名员工，约占企业总人数的 17%。进入 2012 年以来，西门子、诺基亚等国际知名企业已先后在中国地区进行过两轮裁员，且每次都达到数百人。大规模裁员事件已并非偶然现象。

但是，是否企业想要削减员工人数，就可以随便宣布大规模裁员呢？作为被动一方，员工又该如何保障自身的劳动权益呢？

依据我国《劳动合同法》，任何企业一次性裁员人数若超过 20 人或者占职工总数 10% 时，必须至少符合下列一种情况：一是依照企业破产法规定进行重整；二是生产经营发生严重困难；三是企业转产、革新重大技术、调整经营方式，在变更劳动合同后，仍需裁减人员；四是其他因劳动合同订立时所依据的客观经济情况发生重大变化，致使劳动合同无法履行。这就对企业裁员进行了相应限制。同时，企业在执行裁员计划前，必须提前 30 天向工会或全体员工进行说明，并对其提供企业生产经营状况的相关资料。在此之后，企业还应提出包括裁员名单、裁员时间、实施步骤、被裁人员补偿措施等在内的具体方案，并且征求工会和员工的意见，在进一步修改完善的基础上，上报给当地劳动行政部门。至此，企业方能正式公布裁员方案，与被裁员工办理解约手续，按相关规定向其支付经济补偿金，出具裁减人员证明。事实上，任何一家企业"一厢情愿"地裁退员工在法律法规层面上而言绝非易事。

既然如此，这些外资企业又为何频繁执行如此大规模的裁员计划呢？从目前的情况，我们不难发现原因是较为复杂的。

首先，金融危机、欧债危机相继到来，使得一些外企近几年一直处于亏损状态，利润大幅下降导致其不得不通过"瘦身"以维持运营上的稳定。具体说来，正如有些业内人士所言"通信行业这几年的确不景气，裁员是大趋势"。其次，随着国内（尤其是北京、上海等大都市）的生产成本急剧提升，许多企业开始调整战略，将工厂搬迁至国内二三线城市。此前英特尔位于上海的制造厂便已经整体转至成都，原来的一部分员工自然就要被裁退。另外，因为国内的商业竞争愈发激烈，外资企业的市场占有率受到较大冲击，他们只好选择放弃这块战场，进而关闭在中国的分公司。凡此种种，都在一定程度上促使这些跨国企业不断进行大规模裁员。

那么，作为随时可能遭遇"裁减"的企业员工又该如何行动，以便积极应对，进而重新规划自己的职业前景呢？甚至于，外资企业是否能再度成为其首选的求职单位呢？

其实，企业员工首先应该对相关的法律法规及工作合同予以充分、细致地了解。如此，当他们面临被裁员的命运时，方能及时、从容地同企业商谈具体事宜，保护自己的合法权益，能够于再就业之前得到足够的缓冲，不至于手足无措。当然，员工的视野不宜过于狭窄，仅仅关注为数不多的有知名度的跨国公司。相反，随着近些年国内经济的稳步发展，不少国企已经具备了一定的市场竞争力，其优异的企业运营状况同样能够给予员工不菲的待遇和职业前景。相比外企不轻易请辞、不轻易休假、不轻易让老板加薪等诸多禁令而言，转投国内企业不失为一种更接地气的选择。

昔日，杜拉拉们相见，总免不了聊一聊是否有机会升职、是否有机会涨薪。如今，他们却要先问上对方一句："你被裁了吗？"当外企大规模裁员现象并未止于摩托罗拉，杜拉拉们还是要时刻思考着这样一个问题——我们该何去何从？

2012 年 9 月 6 日

固定假期需倡导个性化消费

伴随金秋十月的翩跹脚步，2012 年中秋、国庆双节即将同时到来，长达八天的假期更是让人们充满无限期待。如何让这个假期过得充实而愉快，成为很多人当下的主要话题。

自然少不了消费！这甚至可以说是消遣假期最为核心的元素。假日消费给快节奏、高压力下生活的现代人带来了身心两方面的放松。比方说，外出就餐、观看电影、旅游观光等都可以在一定程度上减轻人们身体上的疲劳，带来情绪上的松弛。

就国内来看，近些年随着居民经济状况不断改善，生活质量持续提高，人们在节假日走出家门，通过不同形式来休闲、放松，逐渐成为潮流。其中，餐饮、购物、观光、旅游当属最为常见的几种消费方式。调查显示，一段时间以来，假日消费方式的单调甚至单一情况日益加剧。造成这一局面的关键在于几种消费方式之间具有较强的关联性，且彼此能够兼容。例如，不少餐馆、剧院等休闲娱乐场所都坐落在商场、超市的周边或者干脆建在内部；旅行也多是伴随着观光、餐饮和购物等活动。这就使人们在进行目标明确的某一项消费时，往往会随机、即时性地加入另一项甚至多项消费，形成连带消费。

然而，法定节假日均为长期且固定的安排，势必使得人们在这些特定时间段的消费方式渐渐趋于程式化，不免单调。更为严重的问题还在于日渐趋同的消费方式，造成了一定的社会问题——每逢节假日到来，商家、景区的客流势必定会达到顶峰，甚至超越负荷极限，难以承受。

具体来说，首先，随着国内居民生活水平愈发提高，这些消费方式已经逐渐被普及到人们的日常生活中，只是在节假日被集中化、放大化。长此以往，人们势必会感到重复乏味。因此，未来对于消费者的吸引力必将呈现出下滑态势。其次，作为服务方，广为消费者所诟病的景点坐地起价现象也相伴而生。部分商场、超市假借节假日的名头开展所谓的"促销"活动，名为打折、返利，实则通过调高商品原有价格等手段欺诈消费者，从而牟取更高额的利润。另有不少景区在假期大幅上调票价，幅度之大令人咋舌。2012年"五一"小长假期间，就有报道指出，张家界一张门票的价格超过两百元，已相当于三张法国卢浮宫门票的价格，使得不少游客望而却步。最后，也是最重要的一点，就是由于消费群体在瞬间膨胀，井喷局面往往使得大多数餐馆、商店、超市等公共场所人满为患，停车排队、就餐排队、购物排队、交费排队的现象早已是屡见不鲜。特别是在旅游和观光领域，很多知名景点的游客量远远超过上限，导致景区环境太过拥挤，旅游消费质量骤降，甚至时而发生踩踏事件，严重拉低了人们在度假与消费过程中期待的幸福指数。

既然如此，人们难道不能开辟一些新颖、个性化的假日休闲方式吗？

其实，有专家已经明确指出人们应当尝试假日休闲、消费的新方式。大致说来，主要有以下三种类型可供选择。其一是观看如排球、乒乓球等关注度相对低一点的体育赛事，或者去户外、健身馆等场所进行健身活动，这些活动同样能够很好地帮助人们放松心情、减轻压力。其二是去图书馆、书店或咖啡厅阅读，这就不仅能缓解身体疲劳和精神压力，还能补充自己所需的知识，更是不错的选择。其三是利用假期做一些平常无暇顾及的事情。比方说，想投资的人可以借机仔细挑选并购买适合自己的理财产品；想买房的人则能够在节假日考察更多楼盘，从而进行咨询与比较。这也不失为一种充实且有益的度假方式。凡此种种，都为人们的假期生活提供了更多选择。可喜的是，这些个性化的假日休闲与消费且正在被越来越多的人认可、接受。

目前，除去每个周末，国内的法定假日就有春节、国庆节两大黄金周，以及清明节、五一国际劳动节、端午节、中秋节和元旦等多个小长假。正因如此，怎样谋求创新，并在这些固定的节假日倡导个性化消费，让自己的假期变得更有意义，需要人们予以关注和思考。

2012 年 9 月 18 日

"金九银十"转热为稳

中秋、国庆双节即将来临，意味着一年一度的金九银十季节步入高潮。届时，很多房地产商家和有购房需求的消费者将会比平常更为忙碌。

不过，在政府坚持调控房价，且外界不断盛传即将有最新房地产相关政策出台的这个秋天，金九银十季还能一如往年地红火吗？

上周，国家统计局公布了新一期国内 70 个大中城市的新建商品住宅价格数据。据这份调查数据，相比之前一个月，8 月份全国共有 36 个城市的新建商品房价格有所提升，但涨幅均不足 0.6%，而价格持平、下降的城市则分别达到 14 和 20 个。也就是说，全国近乎半数大中城市的新建商品住宅价格在 8 月份处于稳中有降的趋势。更为重要的是，这种局面并未因进入金九银十这一消费高峰期的到来而同步出现变化。中原地产三级研究机构日前公布的调查数据表明，9 月份前 10 天，北京市新建住房销量仅为 3595 套，较 8 月份跌幅多达 33 个百分点；二手房成交量也只有 3880 套，比上个月下跌 28%。此外，上海、广州、深圳这几个一线城市的房屋销售量同样下滑，跌幅分别达到 13.4%、18% 和 27.4%。

"今年的金九银十开局可以说并不理想。9 月前 10 天的成交情况明显不如前几个月，十天的成交量甚至还不及市场火爆时一天的成交套数。"位于北京市大兴区的某楼盘销售人员日前在接受媒体采访时说。

链家地产市场研究部的常青一语道破其中原委。他表示，今年 6 月份以来，北京的房价开始出现一定幅度的反弹，开发商在优惠促销等环节的力度有所减弱。同时，政府及有关管理部门则一再强调房地产领域从严调控，加之来自不同渠道的关于新调控政策的传闻又持续不断，这些都促使很多人暂停购房计划，转持观望态度。不难发现，今年金九银十季伊始的成交量之所以不如往年，并不是因为有需要、有意向购房的群体减少，相当程度上是由于人们无法判断未来一段时间内的房价走势——为了避免花冤枉钱或错过有利政策，相当一部分准购房人选择暂时按兵不动的策略，以等待最佳时机再出手罢了。

北京大兴区某楼盘的销售人员也对媒体表示："从我们此前的市场调查来看，购房者的需求仍然存在，只是目前受一些政策预期的影响暂时出现了观望的情绪，我们暂时也不会通过降价促销来跑量。"这就揭示了金九银十不断缩水的真正原因。

面对僵局，商家会以一种怎样的心态进行战略调整，进而重新赢得市场呢？今年的金九银十的后期能否重整旗鼓，逆转颓势呢？

相关调查数据显示，虽然9月初国内新建住宅与二手房屋成交量普遍下跌，但开发商还是在不断推出新建楼盘。其中，北京市预计将开盘41个项目，比上个月提升24.2%，较2011年同期增长105%。上海市仅在9月22日和23日两天内便有13个项目计划开盘或加推房源，合计推出新房源多达1400套，比上周增加约50%，创下今年新高。这说明，商家仍旧对这块

市场充满信心。我爱我家某员工就表示："我们附近的二手房经过 7、8 月份的小高峰之后，几乎卖光了，我们店里现在只有十几套房源了，要新开辟房源了。下半年，房价还有上涨的空间。"某上市房产企业的副总同样认为，当前的楼市虽很胶着，但前景光明。开发商觉得，虽然后市政策不会松，但也不会变得更紧。达成这一共识后，他们便将有限的房源慢推，慢卖，以便守住价格。

也就是说，面对买方的观望，作为卖方的商家也在顺势进行调整，转而采取慢节奏的销售策略，同时又不断开发新项目，进一步扩充房源，以备将来买家纷纷出手。正因如此，这次的金九银十季，买卖双方追求的都是稳扎稳打，不急于一时。至于最终是旺季还是淡季，应主要取决于双方对于房地产市场走势的定位何时能够一致。

2012 年的金九银十季，"稳字当先"正在渐渐成为大多数局内人心中的法则。

2012 年 9 月 25 日

黄金周落幕，服务业仍在路上

毋庸讳言，2012 年十一黄金周在期待中到来、在抱怨中落幕。

由于今年的中秋、国庆双节接踵而至，假期长达 8 天，外出度假的人数远远超过往年水平。相关统计数据表明，黄金周期间，全国各地共计接待游客 4.25 亿人次，实现旅游收入 2105 亿元，均比去年同期提升超过 40%。在消费领域，重点监测的零售与餐饮业销售额接近 8006 亿元，比 2011 年同期增长约 15%。这不仅带动了国内经济大幅增长，更是让不少身处服务业的商家再度赚得盆满钵满。

这次假期之所以能够创造如此可观的消费数据，一是在于今年的十一黄金周较往年在时间上多出一天，使假期时间更为充裕；二是新鲜出炉的高速公路费用减免政策，使人们外出旅游、探亲的热潮进一步得到推动。与之相应的餐饮、住宿、购物、观光等各项服务业的营业额自然也会随之提升。

　　不过，根据有关部门发布的统计数据来看，2010 年和 2011 年的十一黄金周期间，国内零售业、餐饮业的销售额同比增长分别为 18.7% 与 17.5%，增幅均胜过今年的 15%。这说明，如果不是本次假期出现诸多有利于人们出行的时间、政策等因素，进而使得旅游业成功带动与之相关联的各个行业的营业额大幅提升，那么 2012 年十一黄金周国内销售额或许还要较过去两年增幅更为缓慢。从一些服务行业自身在运营方面表现出的状态也不难发现，利润并非人们想象中那般丰厚。在拥堵不堪的城市街道上，每每能看到一辆辆无人搭乘的出租车穿行而过。不少出租车司机纷纷表示，往往空载几公里甚至十几公里都拉不到一位乘客，一天下来收入寥寥无几。很多餐饮店与个别大

型国际化商城呈现冷冷清清的尴尬场面。

　　既然是服务行业，不论住宿、餐饮、购物，还是交通、观光，都是人们假日生活中最为基本的需求，营业额理应非常理想，为何还会出现增幅减缓的现象呢？究其根源，主要还是很多服务行业从业人员无法提供足够优质的服务质量。

　　据了解，虽然近几年国内的私家车保有量骤增，但仍有不少人由于不愿承受高额的养车费，抑或是在汽车限购城市难以摇到车牌号等原因而最终选择搭乘公共交通工具出行。但是，部分出租车司机要求苛刻，太早或太晚不愿出车、节假日不愿出车、路途太近不愿去、交通拥堵地段不愿出车……且常常牢骚满腹，态度蛮横，导致乘客的乘车舒适度大幅下降。所以，很多人宁愿采取搭乘公交车、地铁甚或步行等方式外出。如此一来，这一行业的营运状况自然不会理想，即便是在史上最长黄金周内。与出租车行业相似，不少餐饮店和商店同样不得不承担服务质量不佳造成的损失。餐饮业的问题更多在于两方面：一是看人下菜，见到客人人数较多，消费额度较大，服务人员便会热情招待，反之则是爱答不理；二是一些自助餐厅，为了尽量节约成本，牟取更多利润，或者采取限时制，或者放慢上菜频率，变相"阻碍"客人用餐。至于部分大型商场，除了因表面打折、返利，实则暗中抬高物价的行为饱受诟病，个别服务人员还经常会根据顾客着装抛出"这个你买不起"、"请你出门左转"之类带有歧视性质的言语。凡此种种，都使得服务行业在某种程度上将消费者拒之门外，同时也为自身的营业额带来了难以突破的瓶颈。

对于服务行业而言，服务质量永远都是其生存与发展的根基。不过，若想真正改变这一领域从业人员的服务质量，仅仅通过奖惩制度还远远不够，而是更需要长期有序地对其进行培养，改善从业者对于"服务"这一概念的认识。首先，服务人员必须意识到，其最为核心的工作内容便是在合理范畴内，以诚挚、礼貌的言行无条件满足不同顾客的需求。只有真正让顾客感到宾至如归，自己的工作才能算是圆满完成，才称得上有价值。其次，从业者应该减少在经营方面的"歪脑筋"，不要贪图一点点蝇头小利，这样方能使客人感到物有所值甚至物超所值，进而提升回头率，形成持久性消费。总而言之，若能改善自身的服务意识，从业者的服务质量势必随之得到改观，这些涉及人们衣食住行等各个领域的服务行业自然也就不愁客人上门，而无须再借助假期旅游的热潮，勉强维持短短几天内的账面华丽。

在政府确立"稳增长"为宏观经济调控"当务之急"的大背景下，扩大并鼓励消费正在成为政府对宏观经济微调的重要措施。既然有消费，多数时候都离不开服务。正因如此，唯有服务本身得到改善，消费才会真正稳定地增长。从这一点来说，2012十一黄金周虽已落幕，但服务业的工作还远远没有结束，他们仍旧在路上行进、探索。

2012 年 10 月 9 日

当卖点仅剩"三国"

随着《超凡蜘蛛侠》《蝙蝠侠：黑暗骑士崛起》和《普罗米修斯》三部海外大片相继下线，《白鹿原》渐渐走过高峰期，由赵林山导演的国产古装鸿篇大戏《铜雀台》一度在十一黄金周期间成为国内各大影院的重头戏。值得关注的是，《铜雀台》是继《见龙卸甲》《赤壁》《赤壁：决战天下》和《关云长》之后，最近五年内上映的第五部三国题材电影。

不难发现，虽然五部大片是由四位导演分别率领包括内地、港台、日韩在内的四组影视明星打造而成，但其中不乏相似之处。

首先，五部影片均是依托于"三国"——这一历史大背景，却又不是照搬《三国志》或《三国演义》等文史材料，而是通过截取其中广为流传的三国故事、人物，对其进行大胆创新的作品。最近上映的《铜雀台》，采用女性视角，重点描写刺客经历，着重凸显刺杀曹操的方方面面，更是在同类影片中显得独具匠心。凡此种种，无一不是当代影视文学必要的创作元素。

因此，从《见龙卸甲》到《铜雀台》，平均每年一部的三国题材影片尽管内容不一、主题不同，却都是在糅合当代影视文学元素的基础上，以当代人视角进行创新而成。

就题材而言，三国大片在内地确实颇具吸引力。2008 年，先后上映的《见龙卸甲》和《赤壁》分别赚取 7000 万元和 3.12 亿元的票房收入。2009 年，《赤壁：决战天下》再度凭借 2.51 亿元票房赚了一次盆满钵满。2011 年，《关云长》同样收入过亿，最终以 1.6 亿元的票房收官。不出意外的话，这次充分利用十一黄金周大出风头的《铜雀台》票房亦将不菲。

然而，与动辄过亿的票房收益背道而驰，人们对三国大片的评价逐渐呈现出下滑趋势。主要原因有两个。第一，高频率产出造成审美疲劳。尽管几部影片选取的主题不同，但它们终究都是出自同一历史大背景——三国，这就使人们很难将其看作是一部类似于《十面埋伏》《无极》那种独立成篇的古装武侠电影，而是本能地感觉"三国"又被翻新了。即便是"创新版"的三国作品也难免给人视觉疲劳的感觉。第二，创新尺度掌控失当，戏说流于无稽。三国类影片的背景是真实存在的历史，这就使其注定没有被推倒重来的可能。所以，这类作品在被进行二次创作时，一旦尺度把握不当，便会脱离历史真实，造成不伦不类的负面印象。正因如此，诸如赵云带着罗平安在凤鸣山大战曹操的孙女曹婴，曹魏水军上演足球赛，并且踢出一位明星千夫长孙叔才，刘备未过门的小妾绮兰因爱慕关羽而与之一路奔波，吕布爱女灵雎从刺杀曹操到爱慕曹操等完全不符合史实的人物设置、剧情安排才会频频为人们所诟病，影片质量与口碑自然就随之大打折扣了。

事实上，不论作为一段波澜壮阔的历史，还是中国古典四大名著之一，抑或是在国人心目中的地位，三国类影视剧都有资格被不断翻新和重拍。如果能充分遵循文化产业的运作规律，合理掌控翻新间隔的时间，以及对题材的创新尺度，三国大片的市场想来依然值得期待。

很快，以"情·色·权·谋"为卖点的《铜雀台》亦将离开影院，存留于人们的回忆中。而此时，我们不禁要思考一个问题：当这类影片的卖点仅剩"三国"，它是否还是三国大片？

2012 年 10 月 13 日

当规定变为条例：缺陷车将驶向何方？

国务院常务会议近日审议通过了《缺陷汽车产品召回管理条例（草案）》，据悉该条例有望于今年年底正式付诸实施。条例中明确，生产者经责令召回缺陷车而拒不召回的，将被处以该产品货值金额 2% 以上 10% 以下的罚款；有违法所得的并处没收违法所得；情节严重者由许可机关吊销有关许可。

缺陷汽车主动召回在国际上是汽车制造商的普遍做法。事实上，有关部门早在 2002 年就已经开始尝试起草缺陷汽车产品召回管理的相关条例，并且于 2004 年出台并实施《缺陷汽车产品召回管理规定》。然而，通过近几年观察，其效果远非想象中那般理想。

数据表明，早在 2009 年，美国新车销量是 1043 万辆，召回 1784 万辆，召回案例发生过 571 次，相当于销量的 170%；同年，日本汽车召回案例发生了 291 次，新车召回量也多达 311 万辆，占销售量的 68%。相比之下，中国同期汽车召回案例仅发生了 56 次，召回新车 136 万辆，仅占销售量的 10%。值得注意的是，中国缺陷汽车召回数据不仅与国际市场存有较为明显的差距，在为数不多的召回案例中，更是几乎由进口车及合资品牌填满。2010 年至 2012 年间，国内自主品牌缺陷汽车召回案例仅有 7 例。

事实表明，在汽车召回领域内的数据差异恰恰是市场尚未成熟的表现。这说明部分企业、商家一方面缺乏诚信，另一方面缺乏自信。

而从市场监管角度来看，缺陷汽车召回管理未达理想状态，最主要的原因还在于监管及处罚力度不够。自 2004 年至今，中国市场没有出现过一次强制召回的案例，便足以说明问题。其中原因不难发现，一旦缺陷汽车被召回，企业将承担维修改造、销量下跌等多方面经济、效益损失。若处罚力度和执行力度没产生强大的威慑作用，销售商自然不会买账。于是，弱势方的消费者时常因此蒙受巨大损失，却无力进行维权，投诉难、举证难、多头管理、互相推脱等障碍致使其往往只能在多番扯皮后，默默接受"无结果"——这一所谓的结果。而这一问题今后将会得到遏制。比起原《管理规定》开出的 1 万元以上，3 万元以下的处罚金而言，此次通过的《管理条例（草案）》中的处罚金骤增为缺陷车产品货值的 2% 以上、10% 以下。这意味着，即便是对于每台售价 10 万元、相同批次生产不超过 1000 辆的品牌车而言，一旦出现问题且拒不召回，企业也将收到高达数百万元乃至上千万元的罚单。与召回成本比较，这一处罚力度显然更让人吃不消。

促进召回只是一方面，更重要的是，巨额罚款的震慑作用会迫使企业加强对社会责任的认知，进而在产品研发、设计、制造、销售等各个环节更为谨慎，以求完善产品质量。这说明，仅从处罚力度来看，新政起到的作用将会比较积极。

不过，这项《缺陷汽车产品召回管理条例（草案）》目前来看还存有不足。汽车业分析师贾新光日前在接受媒体采访时表示，一份针对汽车召回的管理条例应包含完备的监管系统。诸如投诉处理、事故分析、信息分享等，无一不是必备的辅助拼板。然而，我国在这方面的工作显然还很不完善。此次出台

的管理条例表面上处罚力度加大、威慑力度增强，却没能明确怎样建立，以及什么时候建立与监管、执行相配套的体系。正因如此，新政尚需进一步细化，以求确保其能够获得稳定而高效的执行与落实。另外，有关部门还需注意管理的尺度，在通过条例促使企业召回缺陷车的同时，应向普通消费者说明缺陷汽车并不等同于劣质汽车，从而最大限度地避免消费者对制造商及其品牌的误解，维护企业的正面形象。如此，则同样有助于该项条例的执行并获得实效。

新政出台已经使缺陷车召回问题有法可依。若能继续补充、细化，以求完善，做到有法必依，无疑将赋予广大消费者一柄维护自身合法权益的利刃。从长远来看，对于国内汽车市场的发展而言，这显然也是一大利好消息。

当规定变为条例，缺陷汽车将驶向何方？值得关注。

2012 年 10 月 19 日

食品市场亟待升级防火墙

近日，有消费者反映，在其购买的光明牌鲜牛奶中发现有漂浮的蓝色固体颗粒物。事件一出，立即引起社会各方的关注。随后，光明乳业回应称，消费者投诉的含有物体的产品为2012年10月17日由上海乳品四厂A线生产的塑桶装1.5L鲜牛奶，蓝色漂浮物是在生产过程中塑料瓶盖因摩擦而产生的颗粒。光明乳业表示，目前已将这批产品全部调整完毕。

值得注意的是，自2012年6月以来，光明产品曾先后五次被爆出质量问题。9月28日，光明乳业曾通过媒体公开向消费者致歉。然而，时间仅仅过去不足一个月，光明便再度陷入质量门。

事实上，近年来遭遇类似窘境的企业并非只有光明乳业一家。仔细观察不难发现，劣质食品不断进入市场，其根本原因在于企业为了降低生产成本而用劣质原材料生产，此外，企业本身内控不严造成食品安全频现问题。

　　那么，怎样才能有效杜绝这类事件频发呢？2012年以来，国内各省市自治区相继建立食品安全"黑名单"系统，针对在食品安全生产方面存有不良记录的商家给予相应处罚及限制，个别地区还会剥夺企业原本享有的优惠政策。此举对制造商而言，无疑能够起到一定的震慑作用。

这也说明，法律法规的进一步完善、执法力度进一步加大才是遏制劣质食品不断滋生的根本。有关部门应该配合食品安全方面的法律法规，出台更有力度的罚款条例。例如，可以尝试将处罚金上调至远高于商品正常生产成本的数额，且根据商家销售劣质食品的次数与同一批次问题产品的数量不同，将罚款金额逐步增加。如此，制造商便会在高成本和高风险之间进行权衡，迫使其放弃动"歪脑筋"的想法与行为。另外，企业自身除加强行业自律外，也需要对其产品研发、制造、运输、仓储等环节强化管理，最大限度避免如环境污染、不甚混入异物——这种过失性质量问题。

光明乳业于近日对外表示，公司现已成立质量安全监督小组。未来，他们将实施包括完善组织保障、排查管理流程、建立问责制度、完善产品监察体系、加强冷链配送管理、强化全员责任意识等六项应对产品质量问题的整改措施。如果其他企业也能逐步在内部打造这类监察板块，细化产品质量检测的各项流程，势必也会大幅提升市场内的食品安全系数。

民以食为天，食以安为先——当光明等知名品牌和行业巨头相继爆出食品质量问题后，吃什么才能确保安全，已成为大家高度关注的话题。正因如此，有关部门和相关从业者才更应该思考，怎样升级这面保障国内食品安全的"防火墙"？

2012 年 10 月 25 日

惶恐 or 幸福，薪水是谁的代言？

日前，一份名为《月薪多少会让你在相应的城市生活不惶恐？》的调查显示，大多数人认为，目前像北京、上海、广州这样的国内大都市，月薪需要 9000 元左右才不会感到惶恐；其他如大连、成都、杭州等二线城市，相对令人满意的月薪也需达到 5000 元上下；甚至一些中高收入的人群也在接受调查时表达了他们对生活的"担忧"。

面对这份调查结果，有相当一部分人表示，自己现阶段的月薪很难达到相应的收入标准，因而感到比较"惶恐"。

事实上，人们的"担忧"与"惶恐"，并非仅仅因其收入未能达到标准。部分参与调查的网民表示，尽管自己的薪水还不错，但现在国内消费水平普遍提高，需要用钱的地方也越来越多：高额的房租、房贷及养车费已经令其捉襟见肘，未来还要承担起赡养老人、供子女上学等方面的义务，压力可想而知。除了应付日常生活，几乎所剩无几。如果生活中遭遇意外情况，可能即刻会陷入困顿。

不难发现，与其说人们对月薪惶恐，不如说是他们由现状而产生对未来的担忧。而这种担忧的确不无道理。

如果单从数字上看，现今人们的收入水平无疑远远高于以往。然而，国内物价增幅更为迅猛。从柴米油盐到子女教育再到买房养车，直至看病吃药，贯穿人们日常生活衣食住行诸多方面无不需要高额开支作为支撑。因此，人们对于工资薪水的惶恐其根源是其在维持当前生活水平的前提下，再也无力抵御自己和家庭可能遭遇的种种风险。

当然，近几年国家对此也采取了各项保障措施。除早已在全国建立城市居民最低生活保障制度，还法定出台了"五险"制度等等。然而想要真正使工薪阶层不再"惶恐"，政府部门还需做出哪些改善呢？

首先，作为居民生活的重要保障之一，拥有一处属于自己的住宅是大多数上班族亟待解决的难题。所以，政府应该设法研究并出台更多有针对性的政策，在进一步加大力度来调控房价的同时，加快保障性住房建设的速度，并细化管理，促进人们能够达到居有定所的状态。

其次，在医疗保健及老年人赡养方面，也有继续完善、提升的空间。相关部门可以尝试多种渠道引入资金来兴建更多现代化老年公寓、敬老院、老年医疗场所等福利性机构。这样不仅能解决很多人老无所养的难题，还可以帮助年轻人最大限度地解决无暇照顾老人的窘困局面。

最后，人们自身也应更为理性地看待其所得的薪水。不少参与调查的网民就表示，自己的月薪也就 2000 多元，但该有的也都有。钱永远是不会嫌多的，关键是怎样合理利用，用好了就会感到快乐，也不会有那么多忧虑与恐慌。

美国著名心理学家马斯洛曾经提出，人类有生理、安全、社交、尊重和自我实现等五大需要。不难看出，一份稳定的工作能够将这五大需要全部涵盖在内，而一份可观的薪水正是人们通过自己双手来满足这五大需要的保障。正因如此，薪水本身代言的更应该是我们的幸福，而不是惶恐。

2012 年 10 月 30 日

"保卫"垃圾箱应有新思路

近日有相关媒体报道说，2012 年大连市为净化环境，在城市街头增设一批新式垃圾箱与果皮箱。然而，自 5 月份以来，这些设施却不断遭遇盗损，至今"伤亡"已达百余只之多。

值得注意的是，这种现象不仅仅发生在大连，诸如天津、南京等国内许多城市也正在为垃圾箱频遭黑手的问题所困扰。

据悉，由于城市垃圾箱多为铁质，一些不法分子将其拆除之后作为废铁皮出售给废品收购站，从中牟取不当利益。另有部分路人则因一时贪念作祟，将垃圾箱"顺"回家中，作为存放食品或日杂物品的容器。此外，还有一小拨人将这些公共设施当作发泄对象加以恶意破坏。如果说，后一种情况尚不多见，前两种现象因"有利可图"，在近来则呈现出愈演愈烈之势。

事实上，有关城市管理部门为了遏制、打击这种不良甚至违法的盗损垃圾箱行为，已经做出了不少努力。他们曾设立有奖举报制度，在加大巡查力度的同时，发动群众投入到监督举报中去，却始终未能收到令人满意的管理与整治效果。一段时间以来，管理部门新增了下沉式垃圾箱，并且为其上锁，但仍很难阻挡不法分子接连发起的"攻势"。面对当前这种公共设施频频遭难，垃圾箱安装速度跟不上盗损速度的恶性局面，城市管理者也显得非常无奈。

就目前的情况来说，若要彻底打击不法行为，从根本上保护城市垃圾箱，相关部门的管理者可以尝试调整这些公共设施的分布区域，将更多数量的垃圾箱安置于车站、路口、公园、商店等这些人员流动频繁的地点。至于人流相对稀少的路段，则可以适当减少设施安放数量。此外，在条件具备的情况下，

提高周边监控设备的安装密度，进行实时监管，对偷盗、损毁垃圾箱与果皮箱的行为也能起到较好的遏制作用。管理者还可以通过更换垃圾箱材质的方法来保护垃圾箱。若垃圾箱从铁制改为塑料制，不但成本降低了，不法分子从中可能获得的利益也随之降低，自然会丧失偷盗的兴趣。政府及有关部门应尽快完善相关的法律法规，提升处罚力度，使不法分子损害公共设施的风险远远高于其可能获得的利益。这样一来就能对不法分子予以震慑。

当然，高效、良性的城市管理不应始终停留在治标不治本的被动层面。若要掌控主动权，最终打赢这场"垃圾箱保卫战"，管理部门、宣传部门乃至教育部门更需强化城市生活中行为方式的正面引导。一方面，必须大声谴责那些恶意盗损垃圾箱的无耻之徒，甚至追究他们的法律责任；另一方面，城市管理者必须认真反思自己的管理思维和防治措施。

垃圾箱虽小，却关系重大。在这些公共设施不断遇袭的今天，人们应该认真予以思考，到底如何"保卫"它们？

2012 年 11 月 5 日

凉茶除了"广告战"还能做什么

近日,广药集团以重金相继同央视、湖南卫视签订广告合约,将冠名两家电视台数个大型综艺栏目,并且抛出"正宗凉茶王老吉从未更名"的广告标语。

自 2012 年 5 月 9 日,中国贸易经济仲裁委员会裁定广药集团收回王老吉的商标使用权后,鸿道集团立即加大了对红罐加多宝凉茶的广告投入力度,打出"全国销量领先的红罐凉茶改名加多宝"的宣传标语,意在重新夺回市场份额。日前,加多宝再次夺下浙江卫视《中国好声音》第二季冠名权,费用高达 2 亿元,远超第一季 6000 万元的冠名费用。

事实上,广药集团王老吉与鸿道集团加多宝掀起的这场凉茶广告战并非仅仅为了促销,他们可能更希望借助大众传播平台,争夺"国内第一凉茶"这块金字招牌。据加多宝提供的调查资料,现今消费者对于加多宝凉茶的知晓率已高达 99.5%——广告效益不言而喻。然而,广告战是否一定能成为左右两大凉茶品牌前景的风向标呢?

对比其他处于同一领域相互竞争的知名企业,我们不难发现,广告并非是他们能够长期屹立不倒的根本,市场竞争主要依靠的是研发和创新。同为依靠制售方便面起家的康师傅和统一两大集团在竞争中不断更新、丰富方便面产品种类;思念与湾仔码头两家企业均凭借生产速冻水饺起家,后经不断研发、拓展,将旗下产品种类拓展到各类速冻面食,成为业内佼佼者;可口可乐和百事可乐两大饮料公司最早仅仅生产品种单一的碳酸类饮品,但通过不断开拓,他们不但双双涉足果汁领域,后者更是开发出奶茶、薯片等多种食品,成为业内顶级巨头企业。凡此种种,都证明一个品牌想要长久拥有市场,就必须持续寻

求突破、创新。这或许可以为凉茶制造商提供借鉴。

诚然，对于食品生产企业而言，除了努力开拓产品市场、创新产品品种之外，最重要的是保障食品安全，提升产品质量。对于广药、鸿道这样致力于竞争国内第一凉茶品牌的企业而言，想要站稳脚跟、赢得市场，就必须确保自身产品质量：对于产品原材料的选择、使用应谨慎再三，不能为节约成本而采用劣质材料；在研发、制造、存放和销售过程中，还要逐层对产品进行严格检验。以此为前提，如果这两大凉茶制造商能够借助"王老吉"、"加多宝"现有的影响力推出一系列新产品，其品牌的生命力很可能像康师傅、可口可乐等成功企业那样不断得以延续。

因此，这两家在"广告战"中"肉搏"的企业，不妨各自"退避三舍"并冷静思考，怎样才能真正利用这一契机将品牌做大、做强，而不仅仅将企业的竞争局限于"全国销量领先的红罐凉茶改名加多宝"或"正宗凉茶王老吉从未更名"的"广告战"。

2012 年 11 月 20 日

食品独霸广告高地，谁与争锋？

前不久，2013 年央视黄金广告资源招标会在北京顺利召开。据悉，此役央视招标总金额高达 158.8134 亿元，同比增长 16.2377 亿元，涨幅达到 11.38%。值得注意的是，在本次招标会上，最终以重金夺下央视几大重量级节目冠名权或时段广告播出权的依旧是一些食品类销售企业。

从招标结果来看，汇源果汁、大连上品堂海参、加多宝等食品饮料企业，以及茅台、五粮液、剑南春等酒业巨头成为最大赢家。相比之下，在非食品商家中，则仅有相宜本草和国美电器出价较高，但仍然在竞争力上明显处于下风。

事实上，食用商品频频抢镜，占据《新闻联播》《星光大道》等电视台重量级节目的广告时段，这一现象并非偶然。中国一直以来都是农业大国，自古就有民以食为天的传统。因此，食品是居民日常生活中不可或缺的组成部分。同时，相对于其他行业的产品，食用商品被用于人们探亲访友时进行馈赠的现象也越来越普遍，这无疑大幅提升了商品需求度及销售量。所以，大力投放广告能吸引更多消费者关注、认可，进而使企业在同行业竞争中取得优势。从这个角度说，此举虽是高成本，却同样能够高产出。

但是，这种电视广告战频繁由一个行业胜出，乃至呈现出独领风骚的趋势，对于国内消费市场的长远发展未必有利。在多数情况下，购买食用商品仍属于基本花销。食品类广告大规模落户各档重量级电视节目，势必会使人们的消费观念继续停留在"以吃喝为主"——这一基础阶段。食品业长期一家独大，某种程度上会削弱其他行业的市场影响力及竞争力。更有甚者，还会导致其放缓创新、拓展的步伐，间接影响国内商业、经济的发展。正因如此，唯有更多不同领域的商业品牌登上荧屏，特别是能在黄金时段进入人们视野，才是电视广告，乃至整个消费市场最为理想的状态，更有助于消费领域的升级换代。

消费市场广告若要百家争鸣，不同行业领域的商家应敢于加大投放的力度。相宜本草和国美电器竞标成功，便可以被看作是一次积极的尝试。如果他们能借此契机创造高收益，甚至在同行业竞争中处于领先地位，则很可能让更多企业得到竞标的信心与动力。

另外，消费者应逐步建立合理、均衡、务实的消费观。不仅如此，政府和有关部门也可以试着研究、出台一些鼓励非食品业商家投放广告的政策。例如，对于广告竞标采取金额封顶制度，规定电视台在每个时间段播出的广告尽可能来自于几个不同行业等等。凡此种种,都将有助于促进广告和整个消费市场的良性竞争。

众所周知,在当今这个信息全球化的时代,广告已经成为各路商家进行自我推销、打造知名品牌、创造价值最大化的第一途径。正因如此,汇源果汁、加多宝也好,五粮液、剑南春也罢,才会如此不计成本地抢占这块高地。未来,我们需要关注的是——在这块高地上,谁与争锋?

2012 年 11 月 27 日

"英雄"迟暮，民族品牌如何浴火重生

英雄牌钢笔一直享有"国民钢笔"的美誉。然而，上海英雄集团近日却对外宣布，将以250万元转让其49%的股权。消息一出，舆论哗然。

令人感叹的是，如此负有盛名的民族品牌，居然以如此低价转让如此高份额的股权。更值得深思的是民族品牌的日益没落。

境况与英雄钢笔类似的民族品牌着实不少。中华牙膏是传统老牌，然而中华牙膏的品牌所有者——上海牙膏厂在1994年与英国联合利华合资经营，中华、白玉等牙膏品牌的市场份额与品牌影响日益走低。如今，牙膏市场已被佳洁士、高露洁等外资品牌牢牢占据。

国内消费市场接连出现民族品牌式微的态势，主要原因在于国产商品在经营理念上相对滞后。一方面，面对外商大力营造的各种广告及促销活动的气势，多数相同领域的民族品牌均

未能及时予以应对，直接导致其市场影响力在新生消费群体中口碑下跌。另一方面，国内商家始终未能对旗下的招牌商品予以升级或拓展，即便这些民族品牌曾煊赫一时，却仍旧很难抵御来自国际市场同一领域竞争对手的强势冲击。

如果民族品牌继续萎缩，国内消费市场势必会被拱手相让。挽救深陷困境的民族品牌成为政府、企业乃至消费市场的当务之急。

事实上，在消费者的情感层面上，很多人或者抱有民族感情，或者出于怀旧情绪，继续表达了支持国货、支持民族品牌的意愿。不过，从另一个角度来看，老牌国货在新生代消费群体中被接受，更多是出于一时风潮，并非持续性消费。换句话说，这些国产商品在销售空间的拓展上依旧极度受限，无法重返消费市场的前沿与中心。边缘化的销售处境当首先归咎于相关产品的内涵

乃至包装均太过单一、老旧，难以满足人们的丰富、多元的消费需求。仅就包装而言，可以想见，当一款产品至今仍旧沿用20世纪七八十年代外包装的时候，在市场上销声匿迹实在是无法回避的必然，比如，蛤蜊油早已隐遁市场，外资品牌旗下的凡士林则大行其道。

民族品牌意欲东山再起，必须改变自身的经营观念。在生产环节，商家应在保持老版本供人们怀旧的同时，大胆进行创新及种类拓展，赋予品牌崭新的面貌和持久的生命力，以求赢得新生代消费者；在销售领域，商家则要加大宣传力度，积极展开推广活动，以求让更多年轻人了解这些曾经风靡一时的经典商品。唯其如此，或将有助于民族品牌实现"逆袭"。

上海英雄集团转让股份引起了广泛关注。这一现象表明人们深深地为民族品牌的危机感到担忧。是时候了！在深入思考"英雄"迟暮的今天，我们自己的品牌该如何走向涅槃？

2012 年 12 月 3 日

如何限制机场餐饮店的"大胃口"

作为一种普遍现象，快餐连锁店内多数商品的价格较市面要高出三成左右；至于机场餐饮店内销售的矿泉水、饼干等食品，或许是因为所处的特殊地理位置，价格较一般超市更是高出数倍。

尽管国内一些机场已经针对这种超高物价现象推出了限价措施——即商铺必须选取一定数量的物品按照市价销售，但效果似乎并不明显。面对严令，大部分商铺时常以备货不足等为由拒不设置限价专柜。这让管理部门和顾客均颇感无奈。

"我是误机没办法，又不能饿着肚子，就只能在这里买，这简直就是强制性消费。一瓶水要10.8元，贵个一两倍也就算了，这可是将近10倍啊！"一位顾客在机场消费后这样向记者叙述自己的遭遇。另一位在某机场面馆就餐后的顾客也抱怨道："其实就一碗面，还说什么套餐，难吃且不说了，更是要价50元。"

机场餐饮狮子大开口的原因来自于多方面。作为客流量极大的公共场所，当店面选址于机场那一刻起，它的店面租金必然高于普通商铺，这就在无形之中给经营者带去很大压力。商铺所有者势必希望能通过提高商品价格来赚取利润。从另一个角度说，候机过程中，自然会有不少人选择在机场内就餐或购买食品。供不应求的销售局面也在客观上为商家提价创造了心理条件。

不难看出，在机场花费高价来解决临时餐饮之需的顾客多少带有被迫性质，是不得已而为之，而不是心甘情愿地主动消费。然而，这并不应该成为多数机场餐饮店长期漫天要价的砝码。针对相关店铺采取限价措施是十分必要，但若要从根本上打压高物价甚至宰客现象，仅靠一纸限价令似乎远远不够。机场管理者和有关部门必须尝试研究并出台配套的管理制度以及处罚

条例。对于那些物价居高不下的店铺与视限价规定如无物的经营者，管理者更应及时调查、发现并予以惩罚，强制其下调商品价格。再者，机场管理者也需适当降低店面租金，从而给商家减轻运营成本压力，主动地从正面引导他们降低售价。最后，有关部门应给予机场餐饮连锁店明确指令，要求其必须设定全国统一价。这样一来，或许能使顾客避免唯有花高价才能吃到东西的窘迫局面，最终改变机场餐饮业的现状。

毫无疑问，作为当下最重要的现代化交通工具，飞机给无数人带去了便利。与此同时，机场内部应运而生的设施与服务，也应是建立在服务大众的基础之上。如今，机场餐饮店作为最基本的服务场所却被贴上"宰客"标签，且胃口愈来愈大，这应该引起管理者的重视。

2012 年 12 月 8 日

网络购物需疗治消费疲劳

网购盛宴最近频频进行。继"双十一"购物狂欢火爆大江南北后，又一次大型网络促销——"双十二"抢购活动也在12月12日悄然而至。由于之前的活动创造出惊人的销量，圣诞和新年的两个商机更是让各大电商及借机"淘宝"的消费者都跃跃欲试。

业内巨头对网购节的前景持乐观态度。阿里巴巴集团董事局主席马云就认为，"双十一"是电商吃掉了传统商业生态系统。

数据显示，"双十一"活动期间，支付宝总销售额达到惊人的191亿元，较2011年同期增长2.6倍，约等于购物天堂香港20天的总交易额。几乎所有参与活动的卖家在同期都打出了两张王牌：一是部分商品让利多达数百元的价格优势足以刺激买家的购买欲；二是"全场包邮"的举措同样促使买家敢于购买大量商品而不必为运费担忧。更有甚者，诸如"抢红包"等促销手段则如同随时可以"砸"在头上的"馅饼"，让买家心花怒放。某种意义上说，"双十一"购物的火爆在于电商成功制造出大量的冲动型消费。

然而，多少让人感到意外的是，这种火爆场面并未延续至随后的"双十二"购物节。据了解，虽然本次活动商家促销力度更强、产品涉猎范围更广、店铺真实让利更多，但销售额和访问量却全都呈现出明显下滑的趋势，仅比平日略有提升。

究其根源，还是这种促销活动过于注重"点式效应"——即商家的战略重心太过侧重于"购物节"这一天的业绩。相反，在延续消费者的购买力方面，他们则没能顾及周全。淘宝虽推出"充 100 送 100"及社区营销等诸多新玩儿法，但操作烦琐及介绍模糊，导致很多买家一头雾水。"双十二"期间打折物

224

品不少，却多为市面常见的大路货，而像一些人们平时想买又感觉太贵的稀有商品，则或不参加活动，或是降价不明显，难以令买家动心。加上"双十一"期间出现的支付宝页面瘫痪、快递一两周未送货等售中与售后问题，消费者的热情不增反减也属情理之中。另外值得一提的是，在"双十一"的辉煌过后，许多买家看到手中一堆可买可不买的商品，也开始反思消费时的冲动情绪，进而变得更为务实，这同样是造成其购买力未能延续的一大诱因。

电商想要将网络购物节真正打造成促销王牌，就必须设法延续买家的购物兴趣。这其中，最先应该做到的就是令活动有实质上的吸引力，简单明了地引导各阶层的消费者参与其中。同时，商家还需拿出更多买家中意、传统商店不常见或价格较高的物品予以让利。另外，网站、店铺和物流也需配合得更为默契，事先对相关配套措施进行严格检测，最大限度避免可能出现的问题。最重要的是，商家应在活动间隔周期、促销形式上多研究，争取做到同样购物节却"不同购"，这样方能真正治愈买家消费疲劳的硬伤。

不可否认，随着互联网日益普及，网络购物已经逐渐为消费者所接受，并且对传统的实体店构成了压力。但是，"双十二"以及圣诞节期间浇来的这盆冷水证明，网络购物节仍旧处于起步阶段，网购正在路上……

2012 年 12 月 18 日

当补习变为"鸡肋"

近年来，随着人们对于青少年教育日益重视，家长越发看中子女的"起跑线"，各种假期补课班、家庭教师相继应运而生，且大多十分昂贵。不论参加多人补习，还是请老师上门授课，每小时少则几十元、多则数百元均已司空见惯。部分经济基础较好的家庭每年用于孩子补习的费用竟高达数万元甚至十余万元。

与高额的补习费用相对应的是，很多学生的成绩并没有多大改善，学习能力也并未明显提升。更有甚者，不少孩子在经历一个假期的忙碌后，学业反倒呈退步趋势。

之所以造成这种局面，补课老师缺乏足够的责任心是直接原因。由于课外辅导多为短期模式，且主要作用在于辅助，师者往往无须承担门下学生在考试、升学等方面的压力。因此，他们虽然能给予前来求助的孩子一些讲解、训练与测试，却很难像在课堂上那样，对其进行系统或者长效的管理，并且根据

教学成果做出针对性的评价和奖惩。也就是说，课外辅导老师的工作仅仅是完成在规定时间内给学生授课答疑这一过程，而并不在意结果。那么，他们当然不会主动要求孩子们必须完成什么目标，抑或是必须取得多少进步，补习效果难以保证可见一斑。

老师不尽力，以致学生补习效果不佳，也只是表面现象。究其根源，家长更是对此负有不可推卸的责任。

许多家长给孩子制定的假期学习计划十分杂乱。从补课班到请家教、从文化课到才艺培训：这种只重数量而不重质量的现象比比皆是。在他们看来，似乎投入了巨额补习费用，自己就能对得起孩子。殊不知，反倒使其精力分散、效率降低。另外，不少家长在送孩子去补习班或为之聘请家教时，目的非常不明确。他们既不会对师者提出关于一个时间段内的强化方向及具体目标，也不会过问其授课成效。同时，很多家长对子女期望很高，却听不得别人（即便是老师）说自己孩子一丁点儿不好。这样一来，课堂教师尚且有所顾忌，不敢严格地管理学生，更不必说按小时结算报酬的短期辅导老师了。

正因如此，若想真正使这些学生通过长假强化学业、优化素质，家长就必须先提升自身的责任心，提前向学校了解孩子的优劣，进而有的放矢，寻找其最需要的补课班和家教。之后，他们要明确地给老师贯彻补习方向和假期目标，并且建立问责意识，时刻关注其授课成效。此外，家长需克制对孩子尺度不当的溺爱，要给予教师在管理学生时应有的权利和义务。凡此种种，方能树立师者的责任心，假期补习才会变得真正有益，而不仅仅是用来给学生消磨时间、老师应付差事、家长自我宽慰的一根"鸡肋"。

又一个寒假已按响门铃，孩子、家长，抑或是老师，你们准备好接待它了吗？

2013 年 1 月 8 日

当高铁发起挑战，航运准备好了吗

近年来，作为更高效的交通工具，高铁迅速融入人们的生活。特别是最近一段时间，诸如京石专线、哈大专线、合蚌专线等短程线路先后开通，高铁凭借快速、便捷的特质和相对平民化的票价逐渐成为大家出行的首选。不过，对于原本就在中短途客运方面不占优势的国内航空业来说，这无疑是一场不小的冲击。

浏览多家机票订购网站不难发现，尽管2013年春节日益临近，仍有相当一部分在售机票被标注"特价"字样，有的航班价格低至2折，个别班次甚至低至1折。国内空运因巨大的市场竞争而希望通过价格优势吸引更多客源的努力，可见一斑。

从消费者的角度看，曾数百上千元一张的机票转眼间只需百余元便能购得，的确能刺激旅客选择航运的愿望。然而，这种大幅折扣的促销手段一旦持续时间过长，从航空公司的角度来看势必导致商业运营入不敷出、员工热情与日俱减，最终从根本上削弱空运在运输业内的竞争力与市场份额。更重要的是，相比高铁客运，空运拥有其不可回避的劣势。屡见不鲜的便是航班经常因天气、维修等原因被迫延误起飞，长期以来为人所诟病。此外，国内机场普遍距离所属市区较远，往返非常不便，机场内部的餐饮、住宿等服务价格十分昂贵，且服务质量常常难有保障。因此，显而易见的是，当前人们在面对中短途旅行时，自然更愿意选择站点地处市区、发车时间稳定且相对来说也算快捷的高铁。这种优势从乘客角度而言，绝非航空业依靠机票打折就能撼动的。

显然，高铁在业内的崛起清晰地折射出航空业存有的痼疾。想要赢得市场竞争，空运必须在配套服务方面有所改善甚至突破。

事实上，天气因素一直是空运的一大硬伤。正所谓"天有

不测风云"，机场很难提前做到准确预知全国各地每天每时每刻的突发气候条件，也不太可能让所有班次都在风和日丽的时间起飞。但是，空运部门应该试图从其他环节进行服务弥补与优势强化。从技术上来说，加大在客机维修养护上的投入力度，保证飞机性能，尽量减少因其维修而造成的航班延误。同时，机场可以完善航班延误的善后服务，尽量保证乘客在得知航班延误时，获得及时提醒，从而最大限度地避免乘客盲目等候。另外，主管及运营部门需要加强对机场内部配套服务设施的管理与完善，设立投诉场所，及时根据旅客反映的不良服务现象予以整顿，打击在餐饮、住宿方面哄抬物价的不良行为，为乘客提供优良的候机环境。凡此种种，或将在一定程度上加大国内航空业与高铁在业内竞争的筹码。

昔日，当一座座机场平地而起，一直作为人们最主要出行工具的火车瞬间在市场竞争中落于下风。如今，铁路通过开发动车组和高铁，主打中短途运输和稳定性运行两张王牌，东山再起，同时也向航空业发起了挑战——作为一名航空业从业者，你准备好了吗？

2013 年 1 月 20 日

戮力同心，打造爱心家园

新年伊始，发生在河南省兰考县的一起火灾震惊了世人。该县居民袁厉害收养的孤儿因玩弄打火机而引发灾难，酿成 7 死 1 伤的悲剧。当事件一经媒体报道，各界人士纷纷予以关注。

作为新闻事件的核心人物，袁厉害首当其冲地被推到公众面前。作为一个普通人，袁厉害没有单位，只有一点小本生意。然而，她却从 1986 年至今先后收养了 100 多名孤儿。2010 年媒体对她的事迹进行了报道，社会也赠予她"爱心妈妈"的称谓。那时候，人们并没有关注到，由于收养的孤儿过多，袁厉害在食宿、卫生、教育、医疗等各方面都无法给予孩子们更全面的保障。一直到悲剧发生，人们方才在错愕、指责之余陷入深思。

更值得注意的是，这种个人收养弃婴的现象并不鲜见。这些孤儿有智力正常的，也有智障或者躯体残疾的。他们之中即使有一部分被爱心人士收留，依旧生活得十分艰难。据河南省相关部门推算，目前全省每年出生的儿童中，有 5 万—8 万人患有残疾，有数千名遭弃，而能够通过正规程序入住福利场所的孤儿则只有 1000 余人，主要原因便是此前国内福利设施的数量相对较少，且条件难以令人满意。

近几年，全国各地陆续新建了一些福利场所，条件也有一定改善。然而，要使更多被遗弃的孤儿找到正规栖身地，有关部门应该进一步明确并完善关于福利设施方面的运营标准和规章制度。

具体来说，在物质生活方面，应要求福利场所不只是让孤儿饥有饭吃、寒有衣穿，更要保障伙食搭配能够合理、健康；居住环境安全、舒适。在教育方面，应要求福利机构不仅仅对

孩子们进行简单的生存技能训练，还要引导其养成积极的人生观、世界观、价值观，更要通过聘请专业教师或将他们送至学校等方式，为其提供学习文化课的机会。对于那些患有残疾的孤儿，还应该要求福利场所为其提供专业的康复治疗。同时，相关部门需经常调查，一经发现未能达到运营标准的福利机构，立刻责令其进行整顿；如果出现类似虐待儿童等恶劣情况，还应及时依据有关法律法规对其予以严惩。这样，才能让原本遭到遗弃的孤儿获得同其他正常孩子一样的权益，使他们健康、快乐地成长。

当然，若要实现这一目标，政府及相关部门需要不断加大投入力度，同时引导社会各界人士为福利事业做出贡献。如教育、医疗等行业可以定期去福利机构予以对口、专业的爱心援助，有实力的企业要承担起相应的社会责任等等。媒体也应加强正面宣传报道的力度。如此，各个行业领域戮力同心，才有可能推动我国的福利事业迈向新的高度。悲剧不该重演！为那些遭弃的孩子重新打造一个爱心家园，需要官方与民间共同努力。

2013 年 1 月 26 日

倒闭潮涨，家居建材卖场如何求生

距全球最大的家居建材商家得宝宣布关闭所有在华店铺仅仅过去三个月，建材市场另一家巨头企业东方家园也爆出行将倒闭的消息。更加值得注意的是，家居建材卖场撤场或者关门正在形成趋势。2012 年至今，北京已有十二家建材市场建材卖场关门。这其中不乏像"八方龙"灯饰城、兴隆家居这样的知名卖场。同时，集美、居然之家等大型建材市场也相继关闭部分店铺。

关门撤场最直接的原因自然还是店铺经营不善。之前就有报道称，知名建材卖场百安居已经持续亏损六年。令人困惑的问题是，作为当前居民日常生活不可或缺的组成部分，家居建材卖场缘何不盈反亏呢？

更为深层次的原因值得思考。2012 年以来，国内楼市成交量因房价被严格调控而减少，在很大程度上成为导致家居市场景气指数下降的重要因素。除此之外，投资主体盲目进行扩建，导致卖场面积过剩、闲置店铺过多，迫使其必须通过提高卖场租金来回收成本。这样一来，便出现卖场出租率下跌、难以招商等问题，最终陷入行业内部的恶性循环状态。某些经销商就表示，相比三年前，一家店铺的装修加卖场租金已高出五万余元。另外值得一提的是，对于大多数消费者来说，家居建材不同于食品、服装、日杂等需要反复购买的商品，更接近于一次性消费。因此，这种综合型卖场单体面积越大、店面越多，反倒越是让顾客更难全面掌握商品信息、比较商品价格并从中进行有效选择，潜在的客源自然也就越发容易被稀释了。

然而，遇到生存压力便选择撤场、削减门店，抑或是直接

宣布卖场倒闭，这终究不是一个行业理应具备的成熟度。那么，作为家居建材市场经营者，又该如何使自己的卖场扭转颓势，以求常青呢？

事实上，商家或许更需要打造定位明确的小规模特色卖场。具体来说，他们可以尝试根据不同阶层、不同领域消费者的需求，将现今大型建材超市中特点各异的产品予以整合、分类，再建立诸如商务办公专用、高档别墅专用、小户型公寓专用等风格统一、对应服务于某一类型消费群体的专卖场。同时，商家还应该在产品研发上多动脑筋，尽可能推出更多特点鲜明、针对性强、能够满足专业人士或特殊购买群体要求的现代化家居建材产品，以求与卖场自身的特色相呼应，使之更加独树一帜。此外，在今天这样一个信息多元化的时代，商家可进一步借助网络来提升卖场生存和发展能力。比方说，可以开通网络服务平台，采取双线销售策略，并且谋求与各大知名门户网站合作，对产品的各项信息进行宣传和普及。凡此种种，在为消费者带去更多便利的同时，势必能促使卖场的资源利用率更高、客源更稳定。

过去一年，不断"消失"的店铺和倒闭的大型卖场告诉我们，国内家居建材领域正在遭受一次不小的冲击。正因如此，仍旧涉足其中的商家更应及时予以思考——怎样在持续上涨的倒闭潮中求变、求生。

2013 年 1 月 29 日

私家车延寿之后

前不久，商务部、发改委、公安部、环境保护部联合公布了《机动车强制报废标准规定》。新规指出，从 2013 年 5 月 1 日起，将取消原有的国内小型私家车 15 年强制报废制度，改为行驶 60 万公里后引导报废。

不难看出，新规将使很多小型私家车主得到更多实惠，同时给国内汽车交易市场带来更多新变化。

据了解，当下一辆私家车每年行驶里程约 2 万公里。如果依据新规，该车的使用年限将被延长至约 30 年，较之前多出一倍。对于不少车主而言，只要爱车保养得当，能够在检测时达标，就能一直开下去。这不仅能最大化提升车辆的利用率，还会避免因私家车报废年限将至而被迫折价贱卖所造成的损失，无疑是一大利好。

新规实施后，身处私家车交易市场的买卖双方都将获得更大的选择余地。卖家可以根据车辆性能、已行驶里程数，在自认为合适的时间段以合理的价格进行出售，不必再受制于年限；买家也将更加看重汽车的技术含量与残值，而不会再单纯考量该车价格是否足够低廉，使用年限是否足够长久。这样一来，人们在进行私家车（特别是二手车）交易时，就会更加理智且务实。最重要的是，此举迫使国内一些汽车制造商无法再凭借"低配置卖低价"的小伎俩牟取高额利润。他们必须实打实地加强在产品研发、生产方面的力度，确保其商品能顺利通过质量关。如此，同样能在很大程度上促进国内私家车交易。

　　然而，新规的影响还有其他值得注意的地方。尽管车辆本身取消了使用年限，但还是会随着使用时间延长而出现各种问

题，很可能需要经常维修。况且，当今不少私家车内部配件的保质期都只有 10 年左右。一旦超过期限，车主就必须自费予以更换。这同样是一笔不小的开支。另外，由于新规对于私家车报废与否的依据是其行驶的里程数，若有不良车主更改里程表并在检测中蒙混过关，势必将带来严重的交通安全隐患和空气污染。所以，新规运行的同时，还应该有一些相关的配套措施帮助其进行完善。

具体来说，对于那些现阶段已有私家车的人，有关部门应予以登记备案。在其当前车辆行驶不足 60 万公里，且内部配件因过期而需要更换时，考虑给予他们一定补偿。同时，汽车制造商需要尽快研制、生产出保质期更长的汽车零配件，使未来出产的新车能够跟得上新要求。此外，车检部门也要更加严谨，针对使用时间较长的车辆进行严格、细致地检测。一旦发现作弊者，立刻予以诸如高额罚款、没收车辆、吊销驾照等方式的严惩。凡此种种，或将使新规运行得更好。

取消 15 年强制报废制度，国内私家车的使用寿命被大幅延长。有人甚至预言，未来的公路上或许会出现老爷车与新型跑车同路而行的盛况。正因如此，我们更应该从现在便思考一个问题——私家车延寿之后，怎样才能确保利大于弊？

2013 年 2 月 5 日

烟花爆竹亟需新生命

与往年不同，2013年春节长假不但没能成为各地烟花爆竹销售商赚取高额利润的黄金时段，反而险些使其大幅亏损。部分商家表示，接连出现的雾霾天气严重影响了本该扶摇直上的鞭炮销量。

然而，更多人则认为，烟花爆竹自身存在的安全隐患，以及燃放过程中势必造成的环境污染渐渐为人们所认识，才是其失去市场的直接原因。

前不久，家住建昌的某4岁男童因放鞭炮炸断了三根手指；在泉州市，春节期间共有近百人被烟花爆竹炸伤，其中一名7岁男童因此造成右眼失明。事实上，每年由燃放烟火引起的安全事故远不止一起两起，有些事故带来的损失更是不可估量。2011年春节期间，有人在沈阳市第一座白金五星级国际大厦——沈阳万鑫国际酒店附近燃放烟火而引发特大火灾，最终致使总造价高达27亿元的三座大楼中的两座被烧毁。此外，大量燃放烟花爆竹还会伴有较大烟雾，直接导致周围空气受到污染。烟花外包装上使用的塑料与纸壳，很难于第一时间得到清理、回收，进而造成城市环保指数下降，直接威胁到人们的身体健康。

烟花爆竹销售滑坡的诱因，并非仅仅是消费者出于安全、环保方面的考虑。相当一部分人就表示，如今可供选择的度假方式越来越多，年年放鞭炮已显得过于乏味。

近几年，北方一些城市相继举办的"冰雪嘉年华"、"冰灯展"等活动就比较成功，客流量也日益增多。同时，不少假期旅游业务也十分火爆，不论是海南游、港澳游，还是马尔代夫游、泰国游都吸引很多游客报名参加。国内各大影院、剧场在春节期间放映多部风格不一的影片或文化演出，而各地电视台对于

节日晚会的投入力度也均有所加强，这无疑使人们的节日生活得以进一步丰富。相比之下，即便一款大型烟花能连续打出十几枚礼花弹，却仍旧难掩其内容单调，导致消费者视觉疲劳的硬伤，无法再激发出人们的购买欲望。

尽管存有诸多不足之处，且已呈现出"衰老"态势，作为春节等节日期间最传统的娱乐元素，我们也许可以设法给予烟花爆竹新的生命，而不必无奈地目送其消失于视野。

具体来说，政府及有关部门需要继续改进、强化有关燃放烟花爆竹的管理措施。诸如，进一步推广此前某些城市举办的集体放鞭炮活动，即在规定时间内，将居民组织到指定地点，由专人指导其燃放烟火，从而提升安全系数。同时，应该尝试在各地开设烟花爆竹事故专用车道，并且于各大医院开设事故专用急诊，以求最大限度降低人们被鞭炮炸伤后的就医难度。此外，制造商必须增强自身的责任心和创造力，尽可能研发出更安全、更有新意的烟花爆竹，可以试着研制电子鞭炮与礼花弹，这样既能做到安全、环保，还能不断依靠科技手段对其种类进行创新，以持久延续消费者燃放烟火的兴趣。

不少销售商都焦急地表示，眼看2013年春节渐行渐远，鞭炮及礼花的销量却只有往年单日的半数，手中还堆积着大量存货。正因如此，我们才更应该意识到，是时候赋予烟花爆竹新生命了。

2013 年 2 月 26 日

酒店告别一次性用品有多难

近日，广东省正式颁布《广东省实施〈中华人民共和国循环经济促进法〉办法》，规定餐饮、娱乐、宾馆等服务场所应采用环保提示、房费优惠等措施，鼓励顾客减少使用一次性餐具、一次性卫浴用具等消费品。

据了解，广东并不是最先鼓励酒店取消免费提供一次性用品的地区。近几年，云南、山东、江西等地也都在尝试让服务场所停止免费供应便捷消费品。

之所以出现这一情况，直接原因在于一次性消费品虽然十分便捷，却非常不利于环保。首先一次性消费品利用率低，易造成巨大浪费。其次，酒店免费提供的生活用品主要是通过塑料制成，质量较差，不仅不利于身体健康，使用后的回收工作也是个问题。长此以往，势必会严重污染城市环境，进而影响居民的生活质量。此外，尽管一次性用品的成本并不高，但累积计算仍是一笔不小的开支。据不完全统计，一家普通酒店每年用于赠送便捷消费品的费用约为数万元，有些高档酒店则达到十余万元，这不仅会大幅降低经营者的效益，还会加速消耗资源，导致不必要的浪费。因此，各地鼓励取消酒店的一次性消费品确有道理。

然而，很多经常外出的消费者也表示，免费生活用品虽说用着不那么舒适，终究还是比较方便。如果酒店什么都不予提供，自己出门在外，一旦忘记携带洗漱等用具，必定会造成许多不必要的麻烦。所以，令一次性物品彻底从各大酒店"下岗"也就显得不切实际。或许正是基于这个原因，尽管各地区都有意削减免费用品，但至今尚未真正达到预期中的效果。

就当前的情况而言，想要使酒店真正做到逐步取消一次性消费品，尚需社会各界人士的共同努力。具体来说，政府及有关部门应进一步完善相关管理规定，并且尝试出台一些硬性要求。例如，酒店虽然不再长期提供一次性消费品，但是仍可以储备一些以备顾客不时之需；酒店也可在其内部设置能够 24 小时营业，专门销售日常生活用品的超市，以求为顾客解决燃眉之急。同时，酒店经营者也需要更为积极地引导消费者杜绝这些一次性物品。比方说，除了对于自带洗漱用品的顾客给予一定消费方面的优惠或者小礼品，还可以试着为定期光顾的客户提供免费存放生活用品服务，使其能够得到更多便捷。另外，媒体也应加大这方面的报道力度，使更多人意识到一次性用品存有的负面效应，进而培养其自带洗漱物品的良好习惯。凡此种种，都或能尽快帮助酒店裁撤一次性便捷商品。

　　其实，很多国家的酒店早已取消了免费提供生活用品的服务，并且成功获取顾客的支持。这说明，我们在环保、节约方面的意识还需继续提高。这样，方能真正让酒店告别一次性便捷物品。

2013 年 3 月 6 日

现代化农村需注入科技元素

前不久，家电下乡补贴政策正式到期。作为积极扩大内需的重要举措，以及财政与贸易政策突破创新，该政策在执行期间收效显著。在整体提升农民购买力的同时，成功扩大农村消费，进而促进了内需和外需的协调发展。更重要的是，家电在农村得以普及，也让农民的生活水平大幅改善。

然而，在全球信息化的今天，想要真正实现农村与一线城市接轨，诸如多功能手机、便携式电脑等新兴智能科技产品同样应该尽快"下乡"。

事实上，随着国内居民的消费水平普遍提高，许多智能科技商品的市场都比较可观，但购买群体仍主要在一二线城市。主要原因在于这些产品的品牌专卖店及销售网点相对集中于大城市，而忽略了对农村市场的开拓。不难发现，智能科技商品多数价格不菲，更新速度又太过频繁，即便一二线城市的居民收入相对比较高，购买力更强，商品销售量更有保障，但他们仍旧很难持续弃旧购新。所以，一旦商家过度集中其供应对象，则势必造成市场资源饱和，以致挤压新商品的生存空间。相反，此前"家电下乡"取得的成功说明，农村有着不小的消费潜力，不少农民也乐于接受新兴科技产品。如果商家能将销售的战略重心向这些地区转移，不仅能拓展市场、延续品牌的生命力，还能在真正意义上提升农民的生活质量，加快农村现代化的步伐。

但是，正因为是新兴的智能科技商品，想要让它们"下乡"，就不能只是简单地将产品硬件拿到农村，同时还应该做好一系列配套服务。

具体来说，当务之急是有关部门需要尽快在农村普及网络、建立服务器，使宽带网能够进入每一个农民家庭。这样一来，

诸如智能手机、笔记本电脑、ipad 等科技产品的作用与价值才能被最大化利用。否则，就算消费者将他们买到手里，也无法为其提供用武之地。而且，开通宽带网还能使农民在及时了解更多农业信息、学习更多先进理念与技术的同时，帮助他们凭借网络进行购物，从而全面提升农村消费水平。不仅如此，政府也可以尝试再度使用补贴政策，对于购买智能科技商品的农村消费者给予一定补贴，促进其在这方面的购买力。此外，商家应该积极提供配套的服务平台，即在农村建立客服中心，给予农民消费者诸如商品介绍、使用指导、维修保障、以旧换新等一系列售前、售后服务。凡此种种，方能令这些新兴商品真正走进农村。

　　未来，随着科技不断发展，新兴智能科技产品必然愈发丰富，可供人们选择的消费对象会越来越多，这也意味着其行业竞争将更为激烈。与之相应的，正在快速实现现代化的农村则急需注入这样的科技元素。正因如此，智能科技商品"下乡"已势在必行。

2013 年 3 月 13 日

网购平台亟待新补丁

近期，有关国内居民个人信息频繁遭泄露事件一度为各大媒体广泛报道。其中，有些快递员在派送网购物品时私自盗取客户填写的资料，再对外进行出售的现象尤为引人关注。这不仅让人们看到了当今物流在管理及安全性方面的疏漏，更是暴露出网购平台存有的不足。

仔细观察不难发现，网络购物虽然十分方便、快捷，实际却有不少问题亟待解决，而绝非只有顾客信息保护不力——这一项缺陷。

众所周知，网购与实体店购物最大的不同便是顾客无须上门，只要浏览店铺页面，就能轻松选择心仪商品。但从另一个角度说，消费者就无法在付款之前对物品进行质量、真伪等方面的体验与鉴别。同时，因为不少网络店铺均系个人在工作之余经营，所以其运营时间十分不规律，货源同样不够稳定，而对于顾客就商品细节提出的咨询，往往也无暇一一顾及。这就导致消费者想买东西，却长时间找不到卖家；店面显示有不少库存，拍下却被告知没货；想咨询几个问题，却得不到有实质性价值的答复等现象时有发生。更重要的是，网购物品签收非常便捷，甚至可以找人代收，而一旦顾客不能满意其所购商品，退换货过程则相当烦琐。诸如寄回物品的运费谁来负担，以及商品从签收到被寄回期间是否有损坏、遗失、调换，每每成为买卖双方各执一词、相互争论的导火索，进而造成许多不必要的纠纷。

然而，即便存在诸多短板，网购仍旧是时下最为便捷的购物平台，其得以不断发展至今亦可谓必然。那么，人们怎样才能为其修补这些漏洞，使其变得更加完善呢？

具体来说，电商需要增加其产品的细节描述及实物图片展示，甚至尝试拍摄有关商品实际说明和演示的视频，再上传至店铺页面，以求给消费者提供更为直观的视觉体验，使其能够更加准确地了解产品信息。另外，相关部门应该进一步明确并提升对于个人开设网店的硬性条件。例如，要求运营者每天必须在线达到规定时限；当店铺经营至一定规模后，必须配备相应数量的客服人员；卖家必须及时更新产品实际库存；针对顾客提出的问题，店铺必须有专人提供有价值的解答等。如此，才能真正减少消费者网购时的不确定因素。最重要的是，政府与有关部门需要研究并出台一些关于物流管理、退换货运行程序等方面的法律法规。比方说，物流公司应在快递员取货、送货时，安排随行兼管人员或监管措施，防止其窃取并倒卖客户信息。同时，应规定买卖双方必须事先就退换货的细节达成共识，且卖家一旦发货，收件人需持本人有效证件领取物品，之后先在快递员监督下进行验货，确认无误再签收，从而避免不必要的交易纠纷。

未来，网购平台势必将成为人们日常生活中不可或缺的一块拼板。正因如此，买卖双方与相关从业者才更应该培养自己修补、完善关于网络购物各方面细节的意识，以求给这个平台制作切实有效的新"补丁"。

2013 年 3 月 19 日

奢侈品消费如何更理性

近几年，作为国内消费者接触、了解、购买奢侈品的重要平台之一，奢侈品展会已经渐渐让越来越多的人予以关注。然而，最近有媒体报道，该类展会涉嫌招摇撞骗，而所谓的品牌代表也疑似假扮。消息一出，公众不禁一片哗然。

国内消费者惊人的奢侈品购买力本就值得关注。数据显示，2012 年中国人买入了全球约 25% 的奢侈品，成为奢侈品世界范围内的第一消费群体。

仔细观察便不难发现，奢侈品在其他国家通常都是为 30 岁以上，具有一定经济实力的行业人士提供。但到了中国，一方面奢侈品的销售对象中加入了很多 20 岁左右的年轻人，甚至还有相当一部分尚未成年的学生，以致客户群被大幅扩充；另一方面，大多数国内消费者在购买奢侈品时，往往以冲动消费居多，如一次性挑选多款产品，抑或是经常性购入新款商品，这同样在很大程度上带动其销售额增长。因此，中国人能够成为奢侈品行业的消费主力实属必然。

事实上，所谓奢侈品，就是该类商品并非人们日常生活中的必需品，且价格十分昂贵。那么，为何中国消费者如此热衷于这些高额花销呢？

不难看出，随着社会不断进步，居民收入水平日渐提高，人们愈发乐于追求能够证明自身生活质量的东西。所以，在许多有能力经常购买此类物品的消费者看来，购买国外奢侈品不仅仅是为了使用，更是为了展示和收藏，并以此凸显自己优异的生活状态。也就是说，他们看中的更多是商品的LOGO，而并非其性能与实用价值。

同时，那些难得有机会光顾国外高档品牌专卖店或参加奢侈品展会的顾客在经过商家推销后，大多也会因碍于面子而买上一两件产品，感觉这样才算是不虚此行。显然，他们看中的是自己在奢侈品专属空间里买了东西——这一结果，而并不关

注买了什么。究其根源，无非还是因国内消费者的虚荣心过度强烈所致。因为虚荣，导致其盲目追求时尚；因为虚荣，致使其在购物时缺乏理智，进而不计成本、一掷千金。

但是，这种在虚荣心驱使下的盲目高消费不只是降低了奢侈品品牌自身的文化内涵及历史价值，也为不法商人制造、贩卖盗版产品提供了坚实、可靠的平台。正因如此，为国内消费者建立理性、务实的消费观已是迫在眉睫。

具体来说，学校和家长应给予没有独立经济实力的孩子更多正面引导。不仅要全面否定其通过购买奢侈品进行炫耀、攀比的想法，还要身体力行地为他们灌输朴素、务实的生活态度，培养其正确的人生观与价值观。另外，商家及媒体也应该合力打造并宣传更多的实用型消费。例如，各类商城需进一步彰显返利的诚意，让顾客得到实实在在的优惠，而媒体则要加大对于便民商品、实用商品的报道力度，引领居民理性购物。同时，政府和有关部门也应该尽快完善奢侈品行业的管理制度及法律法规，依靠诸如限购、增税等硬性条例限制国内消费者盲目花销。

未来，中国的经济势必将发展得更好，居民的生活水平也必定越来越高。正因如此，我们必须从现在便开始思考——如何让自己"奢侈"得更加理性？

2013 年 3 月 26 日

寻觅节俭与促销的黄金点

据国家统计局公布的数据显示，2013 年 1—2 月的社会消费品零售额达到 37810 亿元，同比上涨 12.3%。但值得注意的是，相比 2012 年 12 月增幅 15.2%，2013 年最初两个月的消费品销售增速明显回落。其中，餐饮业在当前的收入增速仅有 8.4%，尤其是在中央出台八项规定等政策明令扼制公款消费等不良工作作风之后，限额以上企业的餐饮收入更是降低了 3.3%。

发改委有关专家对此发表观点认为，作风转变带来公款吃喝减少，这在一定程度上会影响整体消费，社会消费品零售额增速降低或致全年消费增速放缓，经济增速可能下降。

虽说高端餐饮市场受到了一定冲击，但是，依靠公款消费、大吃大喝营造的"繁荣"消费市场显然无法得到人们的欢迎和鼓励。换句话说，公款"吃"出来的经济增长宁可不要！

事实上，在作风转变之后，包括餐饮企业在内的国内消费市场更需要打好一场保持经济持续、稳定、健康发展的攻坚战。

商务部新闻发言人沈丹阳说："从促进经济社会可持续发展的大目标来看，反对奢华浪费和扩大消费的目的是一致的，不是矛盾的。"正因如此，想要扭转餐饮业面临的现状，打好恢复经济增速的攻坚战，需要依靠行业人的自身努力，寻觅厉行节俭与扩大销售的黄金分割点。

具体来说，部分主打高档菜系的高端餐饮企业应及时予以经营转型，推出更多成本较低，价格低廉的家常菜品，将主要经营目标转为通过个人消费进行家庭就餐或亲友聚会的普通消费者，进而重新提升客流量。当然，单纯改变菜系，降低价格还不够，不少高端餐饮企业规模较大，服务人员较多，一旦降价很可能陷入房租、水电费、工资等成本入不敷出的窘境。所以，在菜系更加亲民的同时，这些餐饮店还可考虑缩小店铺规模，连锁餐饮企业也应考虑适当削减店铺数量。政府相关部门乃至行业协会也应相应出台一些打造便民餐饮店的鼓励政策和优惠措施。比如，在距离社区较近地区选址开店，可以减免一定房租和税收等，从正面引导餐饮行业回归大众。凡此种种，或将促进餐饮业销售额增长，真正加快消费品零售数额的增速。

八项规定实施以来，人们的节约意识变得越来越强，铺张浪费的现象愈发减少，整体社会风气得到明显改善。现在是时候了！餐饮行业与时俱进，力求寻觅厉行节俭与扩大销售之间的那个黄金分割点，做到在节约的基础上创造真正的销售辉煌。

2013 年 4 月 3 日

网络资源怎样翻开新篇章

上周，腾讯微信产品团队群发用户，称"微信绝不会对用户收费"，似乎为近期关于微信是否要收费的话题给出了一个阶段性的结论。但事实上，有意酝酿在未来进行收费的网络资源绝非仅限于微信。前不久，著名音乐人高晓松曾爆料，网络音乐即将开始付费使用，爱奇艺、优酷等大型视频网站和家用机顶盒点播更是早已对部分资源进行收费。

仔细观察不难发现，随着网络不断发展、普及，提供新兴网络资源的平台变得越来越多。一款新软件、一首新歌，抑或是一部新电影，都会在面世的第一时间被上传至相关网站，用户可轻松取得。但是，如果人们无须在获取这些资源时承担任何费用，相关从业者的利润自然会骤减。比方说，应用软件一旦长期被免费使用，其升级、更新的成本就将无从回收，更加谈不上盈利。同理，音乐人和唱片公司耗费大量精力录制的专辑刚刚发行，网上已经能够随意下载，唱片的销量自然也就难以获得保障。因此，虽然免费网络资源异常方便快捷，却是建立在令从业者承担自身经济损失的基础上，这无疑是他们不愿意看到的现象。

然而，微信这样的应用软件也好，百度音乐盒这样的音乐版块也罢，初期确实都是通过免费使用才得以建立起大量用户群。客观地说，这也是他们能够在行业竞争中占据优势的主要原因之一。微信用户集体反对该软件收费很好地说明，"免费"二字已在某种程度上成为这些提供网络资源的平台延续生命力的根本。所以，即便从从业者的角度来说，网络资源收费无可厚非，甚至是势在必行。但在真正实行上，他们必须采用更为妥善的方式。

实际上，免费加付费同时运营就不失为一种平衡用户与从业者权益的方式。具体来说，微信这类应用软件可以效仿 QQ，继续支持免费使用，同时不定期推出一些诸如会员、黄钻、小游戏等收费的拓展业务。如此，用户就可以获得选择是否付费

的权利，而当一部分人愿意掏钱体验这些新生板块时，商家也就有了争取利润的条件。此外，对于像各类音乐平台、视频网站，以及家用机顶盒点播等提供即将收费或已经收费的网络资源的商家来说，则应该特别注意，区分用户是否需要付费的标尺不能是资源的受关注度与影响力，而是要根据其面世的时间进行界定。例如，一首老歌固然堪称经典，但它早已被人们经久传唱，唱片也已发行很长时间，就不必要再对其进行收费；一部影视剧可能尚未引起太多人关注，但它刚刚开始被播映，影碟也在销售高峰期，就应该对其进行收费。这样一来，方能让免费使用这些资源的用户权益得到保障，并且使行业人真正得到争取更高利润的机会。

"微信收费"的消息引得如此之多的人关注并热议，证明网络已渐渐成为我们日常生活中不可或缺的组成部分。正因如此，正在酝酿结束免费的商家更应该三思，怎样才能在最为理想的状态下，为网络资源翻开新篇章？

2013 年 4 月 17 日

标准制定岂能放弃质量和安全

近日，关于行业机构或将出台世界首个白酒塑化剂标准，且新标较之于当前正在执行的临时标准有大幅放宽的报道无疑给此前处于低谷的国产白酒消费领域注入了一针强心剂。消息一出，股市的白酒类股票随之集体飙红，个股更出现直线涨停的利好现象。

在引起社会各界人士关注的同时，中国食品工业协会副秘书长马勇日前针对此类消息报道予以否认："我的意思是近两个月以来，相关监管部门和食品安全标准制定单位，正在收集风险评估数据，研究制定相应的塑化剂限量值。现在，相关部门尚在研究中，一切都是未知数。"看来世界首个白酒塑化剂标准的出台与执行，目前还只是"传闻"。

事实上，在传闻被澄清之前，有人便已经对出台白酒塑化剂新标准持反对态度。其中，安全问题成为人们质疑乃至拒斥的焦点。绝大多数的消费者认为，如果将标准放宽，可能会滋生商家在生产、检测过程中的消极应对态度。商家极容易产生这样的心理：只要产品不超过标准即可，从而导致商家对白酒商品质量把控不断放松，甚至在标准内人为添加塑化剂以图高额利润的现象。这样一来，消费者势必在消费过程中因产品安全隐患增高而产生心理障碍，最终削弱国产白酒的市场竞争力。

同时，一些资深业内人士也指出，由于国际上目前尚无有关白酒塑化剂的统一标准，即便行业协会制定新标，也难以得到认可。相反，新标准倒是会成为酒企用以应对外界质疑的"挡箭牌"，以致进一步打击消费者的信心。显然，由新标出台传闻而产生的这些观念均不利于行业发展。

但是，即使新标不会出台，或是不会立即出台，行业人士仍旧应该设法寻求有效策略，来改善当下国产白酒因塑化剂风波而面临的销售窘境。

作为食用商品的一种，白酒想要赢回市场与广大消费者的认可，就必须严把产品质量与消费安全这一关口。商家要强化行业自律意识，加大在商品原材料引进、生产过程、存放及包装环节的监管力度。具体到塑化剂问题上，商家更要在精准检测其含量的同时弄清来源，到底是人为添加剂，还是源自生产以及包装等工艺环节的问题使然，这样才能真正做到及时发现问题、解决问题，并且最大限度地杜绝同类问题反复出现。此外，政府及监督执法部门应尽快制定针对塑化剂超标现象的法律法规并加大惩处力度。对无法证明商品所含塑化剂非人为造成的商家，相关部门须及时依据相关法律法规对问题商家予以高额罚款、责令整改、查封等重罚，直至追究刑事责任，从而在制度层面引导白酒企业严把质量关。

白酒在中国有着悠久的历史和传统，甚至成为百姓日常生活中必不可少的组成部分。正因如此，今天的行业人士想要传承白酒文化并进一步发展白酒产业，就必须先坚守住质量关。想要做到这一点，他们更应该拿出对消费者诚信的态度，而不是寄希望在新标的传闻中寻找生存的空子。

如若大幅放宽白酒塑化剂，作为"新标"，对于商家与消费者而言均无利可言，最终只会伤及传承千百年的中国白酒产业。

2013 年 4 月 23 日

解决"打车难"只有提价一条路吗

备受关注的《北京市出租汽车电召服务管理试行办法》将于6月份开始全面实施。据悉，提前4个小时以上通过电话叫车的费用为8元，即时叫车费为5元。与此同时，发改委也将于近期召开北京市出租车租价调整和完善燃油附加费动态调整机制听证会，以听取各方意见，完善出租车行业运行机制。

事实上，出租车业改革确实势在必行。就当前情况而言，北京市出租车行业矛盾突出，司机绕路、挑活，甚至拒载现象在当下的北京越来越多。"打车难"成为许多人出行不便的主要原因之一。出租车司机也有自己的理由：北京拥堵的交通环境及电话叫车的不稳定性严重影响了他们的工作效率，这是他们不愿积极提供服务的主要原因。从这个角度来看，北京市出租车提价的用意其实包含强制乘客先行交付一定的"风险保证金"，通过给司机提供动力或者是保障的方式来鼓励其积极出勤，从而改善行业服务质量。

然而，出租车只剩下提价一条路了吗？作为服务行业的从业者，出租车司机理应时刻保有乘客至上的意识。换句话说，只要乘客提出搭车的需求，司机就应该尽力去满足。交通不畅、成本过高等不确定因素无一不是由行业的特殊性所致，它们很难被完全避免，自然也就不能成为司机拒绝履职的理由。就此而言，如果仅仅通过涨价应对"打车难"，难免不会让司机在得到出勤动力与经济保障的同时，误认为自己的回避与懈怠是合理行为，以至进一步弱化其行业服务意识。中国社科院经济与社会建设研究室主任钟君此前就曾表示，造成"打车难"的

根本原因是相关部门管理出现问题，靠涨价解决问题则是行政干预一刀切，属于典型的懒人思维。

想要真正使出租车行业摆脱困境，缓解人们日常出行的压力，政府及有关部门还需研究、出台一系列与新规相配套的管理措施。具体来说，比如，行业管理部门应陆续推出培训班，分批次、分时段地对出租车司机进行从业规范方面的训练，强化服务意识；同时建立明确、严格的奖惩制度，即司机能够保持稳定出勤率，服务优良，便对其予以相应奖励；对于没能按要求出勤，或做出故意绕远、抬价、拒载等有损行业形象行为的司机，则应给予其罚款、停职乃至解聘等处罚。此外，行业部门要在推行新规的同时成立监管部门——确保培训也好、奖惩也罢，都能够有相关人员进行常态化的审查与监督。凡此种种，或将为北京市，甚至全国出租车行业带来一些改变。

不可否认，随着私家车的越发普及，地铁、公交等城市公共运输系统运力的提升，难以提供优质服务的出租车行业本身就面临着市场的严峻挑战。但是，作为人们在市内出行时性价比更高的交通工具，出租车行业确有必要主动寻求"逆袭"突破。只不过，单靠提价还远远不够。

2013 年 5 月 6 日

国产运动品牌为什么缺乏"耐力"

今年一季度，本土知名运动品牌——匹克体育因高库存压力而关闭了 125 家门店。值得注意的是，自 2011 年底开始，匹克便已开始削减旗下销售点。其 2012 年撤销网点更是多达 1323 家。

据了解，目前境况同匹克相近的还包括李宁、安踏、361° 等国产运动品牌。特别是李宁品牌，2012 年净亏损近 20 亿元，为上市以来的最低谷。

事实上，对比耐克、阿迪达斯等国际知名品牌能够看出，除了奥运会、世界杯这样的体坛盛会，他们还会寻找一些在全球范围内备受关注、赛事间隔较短的体育大赛作为长期合作对象。例如，在欧洲五大足球联赛、美国四大体育联盟、网坛四大满贯等国际大赛期间，耐克与阿迪达斯的产品都随处可见。

相反，国产运动品牌消费热情主要爆发于 2008 年北京奥运会期间，虽然当时产生了大量的消费需求，但是进入后奥运时代，国产体育品牌逐渐缺乏切实有效的品牌经营能力和后续营销手段。尽管他们也曾分别邀请数位中外体坛明星为其代言，但其带来的影响力及商业效益均远不足以达到预期。其实，这不是明星影响力不够大，真正的原因还在于国产体育品牌竞争力的不足所致。

在竞争同质化、库存高企的今天，更需要有独一无二的品牌竞争力。品牌的本质是一种基因，无法复制。品牌的核心内涵就是差异化和承诺。品牌的价值就在于提供独一无二的竞争力，使企业不至坠入同质化竞争的泥潭。独一无二的竞争力，

让消费者做出独一无二的选择，在竞争愈是激烈的时候，愈是需要这种独一无二的竞争力，所以，品牌是因，业绩是果。

具体来说，商家应该进一步加大投入力度，确立品牌定位、保障产品质量、突出体育精神、形成完美策划，争取将产品打入那些关注度较高、间隔期较短的知名赛事，扩大影响力的同时形成品牌文化。比方说，西甲豪门皇家马德里的队服为阿迪达斯，其宿敌巴塞罗那的队服便一定是耐克，那么李宁至少也需要设法让自己的 LOGO 印上马德里竞技的队服等等。唯其如此，品牌的国际知名度和影响力才能够长期得到保障，商业资源才会源源不断。

不可否认，北京奥运会的成功举办，不仅仅使中国体育腾飞至前所未有的高度，也让国产运动品牌获取了难以想象的成功。但是，正如同竞技赛场上的成败不断交替一样，运动品牌也不可能永远只盈不亏。正因如此，匹克、李宁、安踏、361°——它们是时候寻求改变了。

2013 年 5 月 8 日

打造主题公园应求质而不求量

前不久，投资 30 亿元、占地 5000 亩的乐和乐都公园在重庆市开放。这座原先的野生动物园也正式蜕变为我国中西部面积最大、现代科技水准最高的主题公园。值得注意的是，目前重庆市建成、在建和拟建的主题公园加起来已超过 10 个。分析人士认为，中国已经迎来了兴建主题公园的第三次高峰期。

仔细观察不难发现，相比那些以自然景观为核心的旅游景点，主题公园的风格更偏向娱乐和休闲，可以弥补传统旅游资源存有的不足。此外，从当地居民的角度来说，也多了一个更为环保、更为健康的度假选择。因此，主题公园的出现能够为游客提供更多游玩模式，同时进一步推动旅游产业及城市经济的发展。

然而，这种集娱乐活动、休闲元素、服务设施为一体的现代化旅游资源在中国并不算成功。最近 30 年期间，国内曾先后出现过两次兴建主题公园的热潮，但终究都没能摆脱亏多盈少

的窘境。

　　事实上，对比一些布局合理、个性鲜明、令人过目难忘的世界知名主题公园便能看出，中国很多现代化旅游场所分布太过密集，以至于客源被稀释，形成恶性竞争。同时，商家在打造此类主题公园的过程中，出现了太多创意雷同的情况。更有甚者，索性为了模仿而刻意建造与公园自身风格并不相符的景观。如此，不仅使得成本大幅增加，还导致公园主题无法得到凸显，进而缺乏应有的真实性、趣味性和艺术性。此外，国内的主题公园多以静态景观构成，致使游客可以一次性完成全部游览体验。这就在很大程度上造成其重复消费动力不足，公园重游率低。

　　究其根源，商家缺乏较好的创新意识与敏锐的观察力，且未能对市场需求进行精确评估，以致其无法很好地迎合游客的兴趣，当属主要原因。所以，想要打造成功的主题公园，商家必须在投入大量人力、财力的基础上，倾注更多的心血。

　　具体来说，由于主题公园规模较大、消费较高，商家需尽量将其建造于人口密集、经济发达、交通便利的地区，同时避免与同性质的现代化旅游场所距离过近，这样方能更好地保护并培养客源。此外，他们应该聘请相关人员对市场前景进行仔细的分析与评估，经过反复研究游客需求，最终为公园确立一个独特而又鲜明的主题。在此基础上，商家还需建立更为灵活的经营模式。例如，通过减少静态景观，转而增加可以使游客参与其中，且能够不断变化、更新的娱乐项目，以求激发其重复消费的动力，提升公园的重游率。不仅如此，商家还应设计、开发更多与公园风格一致的周边产品，以及寻求商业合作的契机，从而树立自身的品牌文化。凡此种种，或能使主题公园的生命力得以延续，直至迈向成功。

　　未来，随着国内经济的不断发展，势必会有更多像乐和乐都，甚至较其更好的现代化旅游场所进入人们视野。正因如此，经营者更要慎重考虑，如何最大限度地避免不利于其长期发展的因素，而打造真正有质量的主题公园。

2013 年 5 月 18 日

中国快餐亟须"快"起来

前不久，据相关媒体报道，全球大型餐饮连锁品牌麦当劳希望进一步扩充在华店铺，并且计划于2013年新招中国员工7.5万人。届时，麦当劳在国内劳动力的增幅将高达83%。与此同时，汉堡王等一些快餐连锁品牌也在积极开拓中国市场。

据了解，居民收入有所提升、生活节奏较以往变得更快，导致国内消费者对于快餐的需求量持续增加，才是麦当劳等"洋快餐"大力开拓中国市场的根本原因。

其实，这些国际知名连锁店希望在中国牟取更大发展本身并无不妥。毕竟，国内消费者对于麦当劳、肯德基等快餐洋品牌有较大的需求，但是，目前"洋快餐"在中国的店铺分布极不均衡，大中型城市几乎随处可见，而小城市、乡镇、农村则可谓凤毛麟角。因此，如果商家能在这些地区进行拓展，不仅能满足更多消费者的需求，还能争取更高的利润，何乐而不为？同时，由于快餐店的工作内容比较简单，这势必能够降低其入职门槛儿，进而解决一部分国内居民的就业问题。

　　然而，对于中国快餐业来说，这或许不是一个好消息。因为国际知名连锁店的拓展无疑将在一定程度上降低本土快餐店的市场份额，压缩其发展空间。

　　事实上，国内不乏一些知名的快餐品牌。如真功夫、永和大王、庆丰包子、马兰拉面等，同样有自己的连锁店，且具有一定规模。不过，其市场影响力和竞争力均尚未达到麦当劳、肯德基这种声冠全球的级别。究其根源，还是商家缺乏自我创新及宣传的意识。比方说，本土快餐店的食谱普遍比较单调，鲜有开发新兴产品，且未能根据消费对象、时间的不同给予菜品合理搭配。这样一来，自然就很难激发顾客重复就餐的欲望。此外，经营者在店铺环境美化、菜品外包装设计、周边商品制造及媒体宣传等多个环节都表现得不够积极，以致其在打造品牌文化、扩大企业影响力方面不尽人意。所以，本土快餐在顾客心目中的地位弱于外来竞争对手似乎已是必然。

　　随着"洋快餐"大肆抢占国内市场，本土快餐品牌亟待加强自身的竞争意识，这样方能延续其生命力，真正做大、做强。

　　具体来说，商家需要进一步丰富菜品的种类，且能够做到经常出新。例如，拉面馆可在提供各色中式面条的基础上，让顾客品尝到朝鲜凉面等补充风味，同时不断更新一些炒菜及小吃。另外，经营者还需根据不同服务对象、不同营业时间推出诸如儿童套餐、单位团购套餐、节日特别套餐等各类配餐。这样，便能使客人随时感到新意，进而激发其重复消费的动力，提升店铺回头率。更重要的是，商家可以通过优化店面，设计专属于自己旗下连锁店的标签、吉祥物、菜品包装，制造一些像手机链、玩具、餐盒等相关周边产品来建立品牌形象。同时，经营者还要加大广告投入，凭借平面、电视、网络等多种渠道宣传其品牌文化，提高企业的知名度。凡此种种，或能令本土快餐的生命力得到延续。

当下，麦当劳、汉堡王等国际快餐品牌的不断扩建，正是在一定程度上证明中国餐饮业于快餐方面发展得相对较慢。正因如此，商家更应借鉴这些全球知名连锁店成功的经验，积极做出改变，使中国快餐的前进步伐"快"起来。

2013 年 5 月 23 日

应对问题字典事件应纠错为先

近日有媒体爆料，云南、湖北两省向省内正值农村义务教育阶段的学生提供的并非国家明确要求的正版《新华字典》，而是分别购买了盗版《新华字典》和伪劣《学生新华字典》。事件一经报道，立刻引起社会各界人士的高度关注与激烈讨论，这也令教育部门与相关从业者倍感压力。

那么，这些盗版、伪劣的工具书为何会大量流入市场，以致用于教书育人，如今又该由谁来为此负责呢？

经调查不难发现，目前市面上的新版《新华字典》定价为19.90元，县级新华书店通常按6.5折出售，约12.93元。然而，据商务印书馆的工作人员介绍，盗版、伪劣工具书的制作成本至多每本2元。因此，二者之间存在的巨额差价便成为一些不法商家甘愿铤而走险、造假售假、以次充好的主要动机。同时，教育部门在购买这些工具书时，未能严谨地进行审查，拿到书的学校管理者和教师也未予以核对：他们无疑应该为此承担主要责任。

但事实上，就当前的情况来看，查找盗版、伪劣工具书流入市场的原因以及追究导致其被用于施教的责任人都并非有关部门的首要重任。

根据《图书质量管理规定》，差错率超过万分之一的图书，其编校质量属不合格，而在此次湖北省购买的《学生新华字典》中，差错率竟然超过万分之二十，超标20多倍！更重要的是，这本伪劣字典中的错误多为部首与检字表页码方面，而这些正是中小学生最常查阅的部分。一旦孩子们将其视为正确知识，进而吸收并牢记于心，势必给其留下根深蒂固的印象。如此，不仅不利于学生学习文化知识、健康成长，还会给教育行业带来不小的负面影响。

正因如此，应对此次问题字典事件，有关部门还需以纠错为先，用最快的速度阻止这些"伪知"继续误导中小学生。

具体而言，教育部门应该立刻购买同等数量的正版《新华字典》，用以替换那些盗版、伪劣产品。同时，还要明确要求管理者和老师立即在学校举办真伪工具书鉴别与纠错方面的讲解，以求第一时间纠正学生之前学到的错误知识。特别是对于那些即将参与中考的九年级学生，更要持续进行针对性讲解，助其及时纠错。在此基础上，有关部门必须尽快出台更为明确、严谨的教材购买、审查流程、监管制度与处罚措施，从根本上为广大学生建立一道防火墙。凡此种种，方能真正缓解这次事件造成的损失。

众所周知，字典是指导人们识字的第一工具，是人们学习文化知识的基础。所以，盗版、伪劣《新华字典》流入市场并用于对中小学生施教，的确应该引起我们足够的重视——是时候开始"纠错"了。

药品销售需严把道德、制度、法律三道关

医疗卫生关涉到亿万人民的身心健康，是一项重大民生问题。国家和政府在这一事业上高度关注，并不断给予制度保障和人力、物力、财力的多重支持。我国宪法规定，国家发展医疗卫生事业，发展现代医药和传统医药，保护人民健康。医疗卫生事业的任何一个环节都不能出现有悖于国家与人民利益的瑕疵。

然而，近日有媒体曝光，在城乡居民身边的一些平价药店中，红药水、紫药水等价格低廉、疗效显著的药品踪迹难寻，取而代之的是一种被叫作碘伏棉球的新型药品，消费者普遍反映在药品疗效并未得到进一步优化的同时，其价格却被大幅提升了。事实上，诸如谷维素、阿司匹林、皮炎平等物美价廉的老牌药品或是被下架，或是仅仅被更换了名称与包装而价格却节节攀升。厂家与经销商以明星代言、专家讲座等形式，推销高价药。面对患者提出购买廉价药品的要求，商家则多以缺货为由拒绝

出售。

对于经济利益的一味追逐、置企业社会良心于不顾应当是药品销售领域出现乱象的根源所在。部分药品生产企业借广告宣传放大药品的价值，最大限度地提高销售价格，拉大成本与售价之间的价差，从中牟取高额利润。同时，正因为这些药品企业可以利用各种方式造势，几乎不受约束地推销旗下产品，又导致行业间的竞争愈发激烈。更有甚者，索性向药店许以高额回报，诱使其帮助自己销售高价药品。在这种情况下，难免有药店没能坚守道德底线。加之相关管理部门监管力度不够，厂家很多时候并不需要公开药品成本，单方面炒作药品的疗效、提高价格，最终促使医药销售业演变成"利"字当先的商业平台。

药品价格不断走高，势必增加居民医疗消费方面的负担。特别是对于那些贫困人群而言，购买药品的压力将变得空前巨大。

在国家基本药物制度经历了从无到有的历程后，现在需要进一步细化、完善基本药物遴选、生产供应、使用和医疗保险报销的体系。一方面，制定国家基本药物临床应用指南和处方集，规范基层用药行为，促进合理用药；另一方面，建立基本药物采购新机制，切实有效地降低基本药物销售价格。

行业监管部门必须做出一系列改变，尽快研究并出台具有针对性的法律法规，完善药品销售行业的流程，让平价药重回柜台，在整体上推动药价走向规范、透明、合理。至于明星代言、媒体刊载或播放关于药物广告的商业行为，应得到及时有效的监控——如此，方能有效杜绝所谓的名人、专家肆意夸大药品功效的无德甚至不法行为。一经发现商家肆意炒作，药店无理提价等不良现象，有关部门应该及时采取高额罚款、吊销经营许可证等严惩措施，直至追究法律责任。同时，财税、物价部门应当依据药品成本及国内居民的总体消费水平合理制定药品的售价。凡此种种，或能真正有效地净化国内药品市场。

作为居民日常生活中不可或缺的组成部分，药品的意义非比寻常。药品销售只有严把道德、制度、法律三道关口，人民通向健康的道路才能变得宽阔而平坦。

2013 年 5 月 27 日

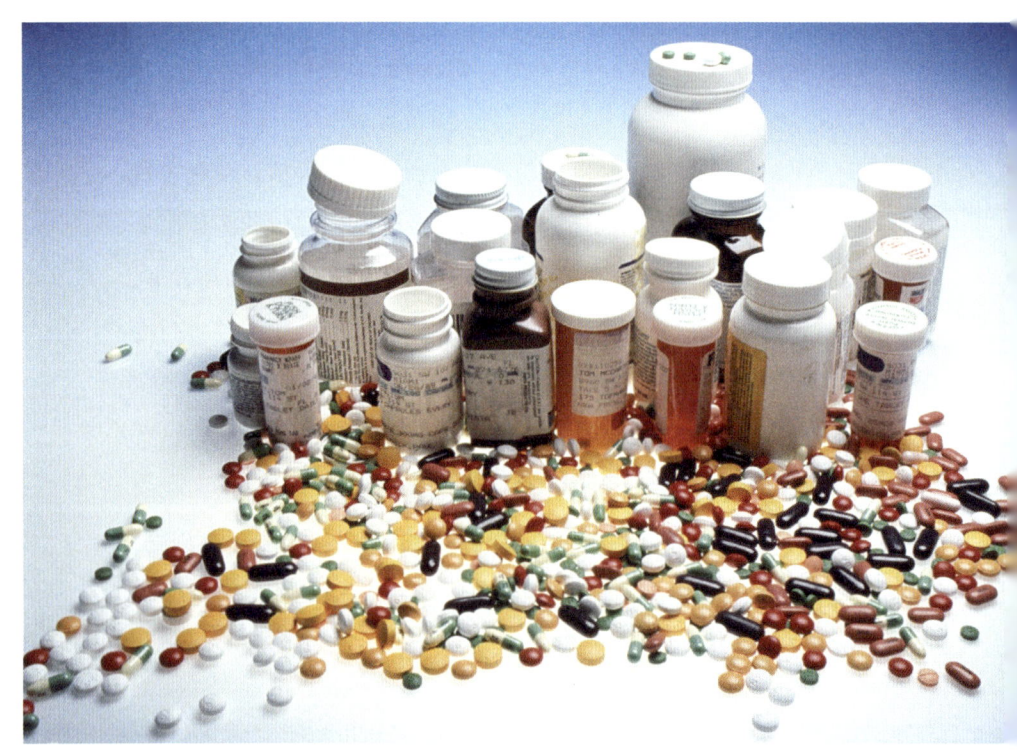

聘任制公务员能否带来正能量

　　长期以来，公务员被认为是"铁饭碗"，一直受到社会的追捧。如今，我国公务员在任用方面也出现了变化，包括深圳、上海、广西、福建、江苏在内的多个省市已开始试点聘任制公务员。

　　据了解，在已经开展聘任制公务员试点的地区，受聘人员基本都能做到恪尽职守、稳定工作。除了少数人员主动提出辞职，而鲜有被辞退者。

　　聘任制公务员的任用确实给用人单位带来不少益处，有效推动了权力部门或者岗位上的工作人员不断流动，避免个别人长期集权，有效预防贪腐问题的滋生。同时，聘任制公务员的合同均有固定期限。即便任职满十年合同可以无限期延长，但一经发现任职人员存在渎职、贪腐等违法违规行为，有关部门便能立即将其解聘、辞退，被解雇者将很难重新获得在该行业就职的机会。如此，势必能加强从业者的工作规范性与积极性，培养严谨、务实的工作态度。另外，在传统用人模式的基础上引入聘任制，使公务员招聘的渠道得以拓宽，进而给用人单位创造吸纳各界英才的平台，从而进一步优化人力资源配置，在一定程度上解决当下公务员任用机制尚未完全达到科学发展要求的问题。

然而，全面推行公务员聘任制的难度也不小。因为相比于企业员工，公务员最大的优势莫过于在薪酬较低的情况下享受合同无期限和终身制待遇，也就是所谓的"铁饭碗"。如今，尽管聘任制公务员的薪资待遇略有提升，但仍较企业职员逊色不少，反倒是稳定性有所降低。这样一来，其岗位的吸引力自然大打折扣。若要真正使这种制度得到大范围推广，并延揽高水平人才，相关管理部门还有很长的路要走。

首要的举措是在薪酬方面有所改善，尽可能在合理范围内

提高聘任制公务员的薪金，最大限度地缩小，乃至抹平其与企业员工之间的薪资差距。今年厦门市为几个专业性较强的岗位提供的月薪高达10000元，而漳州新招入的公务员月薪也能够达到6000元，这无疑能在一定程度上加大各单位招揽优质人才的成功率。同时，还可以尝试推行奖励制度，定期给予履职出色、恪尽职守的从业者一些奖赏，进一步激发其工作热情。此外，相关部门和用人单位应给予聘任制公务员足够广阔的发展空间。只要符合条件，同样能为其提供晋升的机会；如果遭遇缩编裁员，也能一视同仁，使其凭能力决定去留。深圳人社局之前就曾表示，该地区已经有一批聘任制公务员晋升为处级。凡此种种方能吸引更多优秀人才进入聘任制公务员队伍。

聘任制公务员能否带来更多的职场正能量，人们拭目以待。

2013年6月18日

线上理财能否具有广阔空间

随着网络日益普及，网购平台已逐渐成为人们日常生活中不可或缺的组成部分。通过充值支付宝在网上购买心仪物品不仅方便快捷，也更显时尚，这成为很多人选择该平台的主要原因。那么，一番采购之后，我们可曾想过如何有效利用支付宝内闲置的余额呢？

近日，某品牌基金正式于支付宝上线，后者则同时推出有着"屌丝理财神器"之称的余额宝：网上理财的先行者就此应运而生。

据了解，余额宝的主要作用在于能够将基金直销系统内置到支付宝。用户只需将钱转入其中，基金公司与支付宝便能为之提供一站式服务，使之轻松完成从开户到购买基金的全部过程。同时，用户放入余额宝中的资金不仅可以在闲置状态下获取投资基金带来的收益，还能随时将其转用于网购消费。这样一来，用户的网上存款便能得到更为灵活的运用，创造的价值也就更大了。

　　然而，作为一款新兴事物，余额宝及网上理财尚未接受过多考验。事实上，在其发展过程中，还有不少需要完善之处。

　　当前，余额宝唯一的产品供应商是天弘基金公司，销售名为天弘增利宝的网购专用货币基金。问题是，货币基金的收益率只有3%—4%，而其主要销售对象是普通网购用户。众所周知，此类用户在消费之后的闲散余额通常仅为数百元，甚至数十元。即便其通过投资网络基金获得增值，利润也是屈指可数，实际意义相当有限。更重要的是，随着网络理财的不断发展，势必会有更多商家和产品进入余额宝，人们的投资选择也将越来越多。届时，经营者如何防止潜在的安全隐患同样值得关注。譬如用户个人信息、隐私的保护，抑或是当他们专为购买基金而在网上存放大量资金时，怎样防止其账户被病毒侵袭、密码不慎泄露等问题，进而确保其财产安全？这些无疑都有待进一步检验。

　　事实上，想要使网络理财得到可持续的良性发展，有关部门和行业人士还应从提升产品利润及强化网络安全性方面做文章。

　　具体来说，可以尝试根据网络理财的特殊性，更有针对性地开发一些高收益产品。比方说，当用户投资基金超过一定金额时，其收益率也能够成比例提升。这样一来，便能激发出人们在线上进行理财的乐趣。此外，网络监管部门需设法与之形成呼应，为网购用户量身打造一套专用防护软件，用于保护其网络账户。最重要的是，法律部门要尽快研究并出台关于网上投资方面的法律法规，明确要求网站和基金公司严守用户的个人信息及隐私，且随时予以监管，一经发现违规行为，则立刻对责任人予以重罚，甚至追究其法律责任。如此，方能使人们在安全环境下放心地进行理财。凡此种种，或能真正使这一新兴事物得到发展，从而为人们创造更多收益。

昨天，支付宝破茧而出，网购渐渐进入我们的视野；今天，余额宝应运而生，网络理财来到我们面前；明天，这款"屌丝理财神器"能"富帅"吗？

2013 年 6 月 25 日

当线上免费业务被拉响红色警报

    随着信息化时代的到来，网络已经逐渐成为居民日常生活中不可或缺的组成部分。不论学习、工作、娱乐、人际交流，抑或是咨询掌控，互联网都能帮助我们轻松完成，进而极大地提升其在学业、办公等各方面的效率，丰富人们的业余生活。

    然而，同我国网民与日俱增相对应的是，线上免费业务存在的安全隐患可谓越来越严重，令人防不胜防。

    前段时间，雅虎启动邮箱迁移，使其用户群遭遇诸多不便和损失。不仅如此，由于雅虎给出的解决策略或是存有安全隐患，抑或是操作过于烦琐，再就是邮箱持有者必须放弃当前全部邮件和相关信息，导致很多用户大为不满，指责其缺乏诚意。据了解，国内已有2%的邮箱用户受到这次停止服务带来的影响。相比之下，某些不良商家频繁在手机及电脑应用软件中植入广告代码、吸费模块或木马病毒，借此向下载并使用这些软件的用户传播广告，甚至是窃取其手机余额与个人隐私，更是严重地干扰了人们的正常生活。

"截至 2013 年 5 月以来，我们拦截到的被恶意篡改植入恶意广告的软件超过 5 万个，而最近检测结果显示，将近 500 个热门安卓游戏被植入了恶意扣费代码。"某品牌网络信息安全专家此前表示。

不难发现，当前人们将学业、工作、娱乐、交流等方面的资源逐渐转放至网络的同时，自身缺少线上防患意识。例如，很多用户都习惯性地使用相同手机号或邮箱地址在 QQ、微博、论坛等网络公共平台进行注册，并且将大量诸如日志、照片、账单、信件这样的"虚拟物品"和亲朋好友的联系方式存入其中。如此，一旦账号出现异常或密码失窃，不仅极有可能导致用户的重要信息遗失或个人隐私外泄，想要重新建立一个与之前相同的线上空间更是难上加难。此外，免费提供网络资源上传和下载服务的网站大多缺乏对用户负责的态度。由于他们没能在初期针对产品进行严格地质量检验，致使用户与这些资源之间缺少了一道屏障，从而大幅提升了免费下载业务的危险系数。凡此种种，都是网络安全隐患不断凸显的主要诱因。

事实上，线上环境想要真正得到改善，必须建立在国内用户更为谨慎、各大网站更为自律、相关法律更为健全的基础之上。

具体来说，用户要尽量分别使用多个手机号或邮箱注册不同的网络平台，且根据自身需要，将"虚拟物品"分类存放于多个账号之中。例如，将亲人、朋友、同事分别添加至三个 QQ 等社交平台；将照片、账单、日志、办公资料分别保存在不同邮箱和微博，且设置各不相同的密码并在线下予以备份。如此，即便某一个平台出现问题，个人损失也将被降至最低，修复过程则能得到最大简化。另外，提供免费网络资源的网站需加强行业自律。不仅要对自身研发的应用软件给予配套防护措施并定期进行检测，还要及时针对外部上传的资源予以严格地审查，进而过滤、屏蔽那些恶意程序。最重要的是，有关部门应尽快完善维护用户"虚拟物品"和个人隐私安全方面的法律法规，同时加大监管及处罚的力度。唯其如此，才能切实有效地营造一个良性的上网环境。

当线上免费业务被拉响"红色警报"——用户、网站管理者，以及相关部门，你们准备好了吗？

2013年7月2日

补贴第二季：节能、促销谁为先？

最近一段时间，随着国家正式停止实行家电节能补贴政策，国内家电市场一度冷清不少。于是，不少商家自行推出新版节能补贴，以求重新激发消费者的购买欲。康佳、万和、海信等多家企业都已重新开始给予购买其节能商品的顾客补贴金。

这说明，商家打造的"第二季"节能补贴风潮即将来临，这使得国内家电销售又一次迎来升温的契机。

事实上，之前的补贴政策取得成功，以至于各大企业有意将其延续下去，主要原因在于它为国内家电市场注入了很多积极元素。由于购买节能型产品可以享有财政补贴，消费者便会在购物时优先挑选节能型商品。这不仅起到了引导大众消费，全面推广节能、环保理念的作用，更会在很大程度上激发出商家自身研制节能家电的动力，进而使其有意识地寻求创新，以求跟上时代的发展并满足节约型社会的发展需求。此外，补贴实际上也可以被看作是一种返利方式，对强化顾客购买力、刺激市场消费同样大有裨益。因此，家电节能补贴确有"再度登场"的必要性。

然而，由于新版补贴是商家自行推出，缺少足够的规范性，使其在节能与促销相辅相成的同时，随之产生了另一个问题，那就是二者到底孰轻孰重？换句话说，究竟是为了鼓励大家节能而促销，还是为了促销而鼓励大家节能？显然，一旦补贴带来的促销意义大于培养人们节约、环保的意识，或将导致消费者依据补贴幅度定义产品价值。如此，不仅有可能造成商家通

过提高补贴金额变相推销商品，引发新一轮价格战的情况，还会使绿色消费变得被动化，这无疑将极大损害家电节能补贴的价值。所以，"企业版补贴"尚需在细节方面得到进一步完善，方能真正做到利大于弊。

其中，最主要的便是有关部门需给予商家一些明确的要求并随时予以监管。具体来说，应该要求企业将补贴金额限定在统一、合理的范围内。例如，买2000元商品补贴100元，买3000元商品补贴200元等，这样便能有效削弱其促销的作用。同时，还要及时针对商家提供补贴的节能产品进行检验，查看其性能是否真正达到节能、环保的标准。一经发现不合格商品，执法部门则应对企业予以重罚。如此，才能最大限度地避免商家打着补贴旗号以次充好。另外，消费者也需强化理性购物的意识，养成根据产品功能、自身需求、市场定位、群众反响等多个方面衡量，购买高性价比产品的习惯，而非单纯为了一份补贴金便拿出钱包。凡此种种，或能真正让家电节能补贴创造正能量。

此前，部分企业已经表示，仅凭政府补贴并不足以使节能减排长久持续，商家需要通过不断创新升级自身产品并减少成本，才能在让利消费者的同时，持续普及节能型商品。正因如此，当家电节能补贴"第二季"到来后，打出这张牌的企业更要仔细思考——节能、促销谁为先？

2013 年 7 月 9 日

拼车时代来临管理不能拼凑

随着社会不断发展、科技不断进步，国内大都市的生活节奏持续加快，导致越来越多的人为了方便出行而选择购买私家车。但事与愿违，过多的车辆反倒使城市交通变得愈发拥堵，而对于那些没有私家车的上班族来说，每天都要被困于上下班途中长达数小时，更是令其倍感头疼的难题。于是，一个新概念应运而生——拼车。

事实上，拼车越来越受到欢迎，在于其确有自身的优势。其中，最为突出的一点就是便捷。因为是事先已约定，人们不会再因为挤不上公交、地铁或搭不到出租车而一次次在站台、路边苦等，这就能为他们节省上下班所需时间，提高其出行效率。更有甚者，由于在节假日期间"抢票难"现象十分常见，不少人干脆选择通过拼车的方式进行探亲和远游。如此，即使买不到火车票或飞机票，也不会被迫改变外出计划。此外，拼车属于多人共享一辆私家车。对于乘车人而言，可以通过与他人均摊车费而节省出行费用；从出车人的角度说，同样是赚取油费和养车费的上佳途径，以求使爱车的利用价值最大化。因此，相当一部分人乐于拼车外出，为的是能够省时、省钱。

然而，拼车也存在着其不可回避的劣势。例如，虽然集体乘车出行可以省去等车的时间，但也意味着所有人的时间都被牢牢固定。特别是对于出车人和假期远行的人们来说，一旦自己临时有事而无法按计划完成拼车，不仅将给自身造成损失，还会给他人带去不便，这就在无形中使其压力倍增。另外，尽管能够实现长时间一起拼车的人必定具备相距较近、出行时间和路线一致——两大前提条件，但如果彼此并不熟识，还是存有很大的安全隐患，这也让很多想拼车的人犹豫不决。最重要的是，拼车属于出车人与乘车人私下协商的一种出行方式，鲜有第三方为其担保。那么，一旦外出过程中产生纠纷或造成交通事故，责任由谁承担，怎样分担相关赔偿？这同样是人们望而却步的重要原因。所以，想要真正使拼车为人们带来正收益，有关部门必须设法将其规范化。

具体来说，当务之急是尽快成立能够提供专业拼车服务的机构，为拼车双方进行权益保障。比方说，如果拼车过程中出现纠纷或事故，可以请该机构进行信息采集、责任判定、赔偿执行等一系列事宜。同时，相关部门还需配套出台相对完善的规章制度。例如，明确要求人们必须去该机构签订具有法律效应的合同并提供信息备案方能进行拼车，且对于单方面违约、双方纠纷、交通事故等问题的责任归属及赔偿比例给予统一规定。此外，监管部门应实时予以监督，对于那些违规操作，私下进行拼车，抑或是没能按照合同与法律规定履行自己责任、义务的人进行处罚。凡此种种，或将从一定程度上解决拼车存在的隐患。

不言而喻，拼车是交通不畅的延续，而后者实则是多方面原因造成。地铁、公交无法保证直达目的地，倒车又过于烦琐；出租车缺乏服务意识，出行时间不稳定；城市人口分布不均，导致同时外出的人过多；市中心房价过高，以致很多人不得不选择距单位较远的地区居住，被迫延长上下班路途：这些无不是促使人们去拼车的深层次原因。正因如此，拼车时代来临值得全社会思考。

2013 年 7 月 17 日

证书是敲门砖 or 遮羞布

近几年，由于各类高学历人才不断涌现以及各大企事业单位的入职"门槛"变得越来越高，使得应聘竞争呈现出愈发惨烈的势头，毕业生的就业压力也随之骤增。在这种情况下，很多人寄希望通过积累大量资格证书来使自己于竞争中抢占优势，进而牟取一个成功入职的机会。

据了解，在所有证书之中，计算机与外语类被学生称为"基础证"，从报名到完成培训并获得资格证通常要花费上千元。此外，诸如汽车驾驶、文秘、琵琶演奏、心理咨询师等各类能够提供资格证的培训班在市面上可谓比比皆是，价格则是从数百元至是上千元不等。特别是 FRM（金融风险管理师）和 CFA（注册金融分析师），更是有着"高端证"的美誉，全部培训需耗资上万元。求职者若要积累这些证书，势必为此付出较大的代价。然而，花费大量金钱换到手的一张张资格证书真能成为帮助他们顺利步入职场的"敲门砖"吗？

　　仔细观察便能看出，如今市面上的很多资格培训虽然价格昂贵，实际效果却并不理想。例如，一些机构在校园内开设培训班，授课范围涉及会计、教师、计算机等多个不同领域，但关于师资力量的介绍则只有简单的一句"名师授课"，而所谓的名师究竟怎么有名、其资质是否合法，学生均无从得知。更有甚者，不少培训班的老师索性在教学过程中当众推销其他不相关课程，但对于自己当前正在讲授的内容则只是应付了事，内容单调、乏味，很难给学生带来实质性帮助。所以，尽管求职者经历了各种培训，证书也拿了不少，工作能力却鲜有提升。

　　事实上，许多用人单位都早已明确表示，在招人过程中，往往更加看重求职者的实际从业能力和工作经验。即便是一些必须持有专业资格证才能履职的岗位，他们也会在员工入职后，统一对其进行培训并授予证书，完全没有必要自行考取。

　　这说明，"证书越多应聘成功率越高"，这样的想法只是求职者一厢情愿。至于促使他们产生这种想法的原因，严峻的就业形势或许只是一方面，主要还是源于其对自身所学专业能力的不信任。由于大学环境表面上比中小学时期更为宽松，加之大多数学生都是第一次长期脱离父母管束，心态的放松和环境的宽松都会在不经意间影响其学业进展。于是，他们才会在毕业之前"无的放矢"，试图凭借积攒其他方面的证书数量为就业竞争保驾护航。正因如此，那些大多与应聘岗位无关的证书与其说是求职者的"敲门砖"，倒不如说是毕业生为弥补疏于专业课，致使所学不精的"遮羞布"。

不难发现，若要改变求职者拿着大把证书应聘的现象，需要多方面共同努力。比方说，家长应给孩子们创造更合理的中小学就读环境，使其真正做到劳逸结合，心智得到健康成长。大学校园则要进一步强化管理及专业课的实用性，培养学生建立起"凭在校所学正规课程进职场"的意识。此外，有关机构应该将培训班做到细化。对于聘请什么级别的老师，教授什么课程，能确保学生掌握多少实际工作技能，都要事先明确列出，并且提供足够有质量的教学内容，使参与者能够切实有所收获。同时，监管部门应加强市场管理，对于一些不良培训班和教师给予严惩，维护培训行业的环境。凡此种种，才能使各类资格证起到积极作用。

又一个就业季来临，每个求职者都应该认真思考，证书究竟是什么——"敲门砖"or"遮羞布"？

2013 年 7 月 23 日

微信防火墙需共同打造

前不久，微信大规模断网事件一度引起社会各界人士的广泛关注。尽管腾讯公司早早给出解释——"市政道路建设导致网络光缆被挖断所致"，但人们还是因官方未能对诸多疑点进行详细说明而展开热议。一时间，这款当下最为盛行的语音聊天工具再次被舆论推上了风口浪尖。

值得一提的是，从故障发生到完成维修，腾讯足足花费了七个多小时。据悉，类似的故障通常只需要四小时便能够修复。但是，面对这种质疑，腾讯方面仅仅表示，会在日后完善容灾系统建设，强化应急处理能力。此外，作为微信的运营商，中国电信和中国联通也只是在故障出现后发布一条声明，表示问题可能来自于腾讯，与己无关。从某种程度体现出，不论腾讯公司还是运营商，在解决微信问题方面均缺乏足够的积极性。

之所以会出现这种局面，主要还是因为互联网公司和运营商之间存有较为尖锐的利益冲突。一些业内人士表示，随着微信的用户群不断扩大，其占用的信道资源也越来越多，甚至已经造成手机回铃音滞后。这说明，移动运营商的网络面临着极大压力。另外，如今大量用户都是通过 Wi-Fi 使用微信，导致电信运营商根本收不到钱。因此，关于微信收费的问题，目前依然比较敏感。

事实上，不管腾讯和运营商之间存有何种利益冲突，都不应在微信服务的完善与管理方面有所松懈。毕竟，出现类似的故障而没能及时修复，最终损害得将是其用户群的利益。尽管微信价值最为直接的体现是通过手机发送语音短信，但随着功能不断扩充，使用越来越方便，其用户群也变得愈发庞大。如今，它已经成为人们日常生活中不可替代的通信工具，很多人际交流都要通过其完成。特别是对于那些有海外亲友的人来说，微信通讯显得尤为重要。所以，突然发生故障且修复时间过长会给微信用户与他人的通讯造成极大不便。同时，由于不少人都在微信上建立交流群或加入朋友圈，并且将类似照片、日志、聊天记录、网络信息分享等资源保存其中，一旦因微信出现故障而导致这些资源遗失，无疑会给用户带来较大损失。

正因如此，这次微信长时间断网事件之后，如何保障用户权益应成为人们主要思考的问题。不过，若想做到这一点，或许还需要商家与用户自身的共同努力。

具体来说，腾讯应进一步加强关于微信网络和系统的检测，一经发现故障隐患，尽早确定停用维护的日期和所需时间，之后统一向用户发送通知，使其有所准备。同时，一旦出现突发性故障，公司和运营商则应在快速查明原因并进行修复的基础上，第一时间将故障始末详细地予以公告。此外，用户还要提高网络通信方面的防患意识。例如，长期通过微信进行交流的用户应该相互告知对方另一种常用联系方式，这样，即便微信出现故障，彼此交流也不会被耽搁。不仅如此，用户还要将上传至微信的照片、日志及时进行线下备份，而在网上转载、分享的图片、视频则要尽快下载。特别是一些和亲朋好友之间比较私密的交流记录，更应在第一时间转存至线下，以求避免重要信息资源因故障而遗失。凡此种种，或能真正加大微信应急防患的成功系数。

断网事件能够引起如此广泛的关注，正说明微信在当今通讯领域具有极大的影响力。所以，人们更应该共同努力，为这个交流平台打造坚不可摧的防火墙。

2013 年 7 月 30 日

手游发展之路需共同"修建"

　　智能手机的渐渐普及，使多功能成为人们在选购手机时的主要参考。其中，能够体验琳琅满目的手机游戏，对于人们的吸引力更是显得尤为突出。这不仅使得国内手机市场变得愈发火爆，也在很大程度上为手游行业创造一个千载难逢的发展机遇。

　　"这个行业比赌石还疯狂。"一位业内人士在谈到现今国内的手机游戏行业时说。

　　据了解，很多手游不过是几名年轻人通过几台高配置电脑便能制作而成，耗时也只需5—6个月时间。但是，一旦游戏受到用户欢迎，就将为研发者带来极大的利润。数据表明，当前国内手游研发团队已突破10000家，平均一个月推出游戏100余款。今年上半年，中国移动游戏市场的规模已超过50亿元，增长率达到创历史新高的66.1%。更加值得一提的是，仅仅今年第二季度，国内手游用户群便高达1.7亿人次，这也让很多资深人士将 2013 称为"中国手游元年"。

然而，这样一个看似异常火爆，甚至是渐入佳境的行业实则存有不少亟待解决的难题。目前，国内手游普遍还是沿用网游的运营模式，即用户可以免费体验，但随着游戏深入，其必须通过源源不断地购买装备、道具或炼化武器才能继续。这样一来，不仅导致游戏过程十分烦琐，后期费用也比较昂贵，被很多人称为"挖坑式盈利"。另外，尽管国产手游出新频率较高，却多是大同小异，还是局限于武侠、策略、卡牌等传统类型，剧情、关卡乃至道具几乎如出一辙，以致该行业的同质化竞争日趋激烈。

"赚钱的可能只有5%，85%的游戏开发者都是赔钱的，还有10%的盈亏平衡。"业内人士表示。那么，为何国产手游

会出现这些问题，与同行业发展较为成功的欧美国家相比，我们在哪些方面存有差距呢？

事实上，对比欧美一些诸如《水果忍者》《愤怒的小鸟》等比较成功的手游不难看出，这些游戏首先均为一次性付费销售。也就是说，用户需要缴纳一定费用方能体验游戏，但游戏过程中不需要额外花钱。同时，欧美手游虽然在画面、操作等方面十分简单，每款产品的内部设计却非常复杂，且各不相同，这就体现出了较好的独创性和游戏性。此外，欧美商家十分注重周边开发。例如，《愤怒的小鸟》闻名于世后，与之相关的各类商品也随之应运而生，进而对延续该作品影响力起到了推动作用。

相反，国内绝大多数用户对于手游的认识相对肤浅，他们很难接受一款付费体验的产品。更有甚者，有些人会干脆尝试破解付费游戏，一旦成功便上传至网络，供所有人分享，这给商家带来了极大的损失。因此，不少手游研发团队都不愿再甘冒自己创意被人们无偿享用的风险，他们更倾向于这搬那抄一点素材，拼凑出一款款"网游式产品"。那么，究竟怎样才能真正使国产手游步入正轨呢？

或许，这需要多方面的共同努力。具体来说，用户应该改变自身对于手游的认识，尊重研发者的劳动成果，接受一次性付费产品进入市场。同时，相关部门和各大网站需加大监管力度，一经发现有人上传付费游戏资源，立即对其予以严惩，乃至追究其法律责任。此外，研发团队要敢于创新，并且效仿知名电脑游戏商，尝试推出一些风格独特的系列产品，打造专属于自己的品牌文化。不仅如此，商家还应及时深入市场调研，针对用户普遍给予好评的游戏进行周边开发，加大其影响力。凡此种种，方能使国产手游得到良性的生存平台。

是时候了，当大家拿着手机玩游戏时，应该认识到——这是一条需要我们共同修建的国产手游的发展之路。

2013 年 8 月 6 日

小城市也应有大消费

　　随着国内居民收入水平日益提高以及各类大型购物中心、综合性超市、品牌专卖店、购物网站的相继涌现，大众消费能力与购买欲正在直线提升。特别是在"北上广深"这样的一线城市，消费渠道更是多得令人目不暇接，而逛街、购物也已成为人们日常生活中主要的休闲方式之一。

　　值得注意的是，如今很多小城市的居民同样加大了购买力，并且呈现出较好的市场消费潜力。

　　据淘宝近期发布的《县域网购发展报告》，2012 年，我国县域地区共计有超过 3000 万人在淘宝网进行购物，总消费金额高达 1790 亿元，较 2011 年增长 87%，人均网购消费接近 6000 元，甚至超越了其他一二线城市。另据尼尔森最新调查报告，很多四线城市受访者的消费意愿从原先的 38% 上升至 45%。其中，不少消费者在户外娱乐方面的支出明显增加，最高竟达到 51%。这说明，国内小城市居民的消费观念正有所改变，对于高品质生活的渴望也变得越来越强烈。

　　然而，与消费者正在快速释放的购买力相比，小城市的消费渠道仍旧比较闭塞。更多时候，人们只能通过网络平台进行购物。

　　仔细观察不难发现，线上销售平台的出现使得消费者可以跨越地区界限，通过网络任意选购当地没有的物品，进而直接改变了国内的商品流通体系。但事实上，这也恰恰折射出小城市的实体零售不够普及、店铺老旧落后、物品相对单一等硬伤。之所以出现这种情况，根本原因还是商家缺乏较好的视野和大局观，经营战略过于刻板。他们每每将盈利的重心集中于人口密集、经济发达的大都市，而忽略了县城、乡村居民的购买欲及消费能力。这不仅使国内实体零售商错失拓展销售领域、争取更多利润的绝佳契机，反倒是成全了其他竞争对手。

　　据了解，由于小城消费者愈发青睐网购平台，很多快递公司也已经纷纷在偏远地区建立服务网点。这不仅为买卖双方解决了后顾之忧，也使其自身的业务得到拓展。更加引人关注的是，诸如宜家家居、沃尔玛超市等来自海外的实体连锁店正积极在小县城设立门店，方便当地客户购物的同时，进一步扩大其品牌影响力。这些都证明，实体店进入小城已是势在必行。那么，国内的实体零售商又该怎样求变呢？

　　具体来说，对于那些已经在一二线城市开设实体店且效益不俗的商家来说，应该效仿海外连锁品牌，在县城地区建立分店，为当地消费者创造更加直观的购物体验。同时，考虑到小城房价、地租相比大都市更低，分店物品的售价可以适当调低一些，以求薄利多销。此外，对于那些不适合去偏远地区拓展业务的经营者来说，则需要尝试为旗下店铺建造官网，实现商品双线销售，并且上传大量商品实物图片及导购视频，最大限度方便身处小县城的消费者。凡此种种，或能真正使国内实体零售行业得以发展。

　　未来，随着中国城镇化的进程日益加快，三四线城市，乃至农村地区的消费潜力势必会被不断释放出来。正因如此，商家更需要意识到，小城市也应有大消费，从而为当地居民创造一个更为宽广的购物平台。

2013 年 8 月 13 日

后记

《青春是一场思想的远行》还只是一滴滴零星掉落在这辽阔大地上的露珠，但我希望它们终有一天能汇聚成浩瀚无边的大海……

从每个周末骑着三轮车，带着童年时的我穿行于三里河街道的东西两侧，逛遍路边的每一个书摊儿；到一次次推着轮椅，带着少年时的我徒步前往西单图书大厦和王府井新华书店；再到帮助成年后的我找到几位足以令我受益终生的老师，并且一次次帮我执笔来撰写作业至深夜：这些年父母从未因为我在读书方面的需求而有过哪怕一丁点儿吝啬或抵触。

对于读书，不论在金钱上还是精力上，他们的投入与付出都丝毫不逊色于任何一个正常在校生的父母。即便如此，父母从未对这样的付出要求过任何回报，只是希望我能通过读书丰富内心的世界，去弥补我因无法行走而缺失的种种。

2006 年一次偶然的机会，我接触到了博客，突然觉得，自己也许可以做到更多。

　　初学写作时的文字是那样稚嫩，但父母一直在给予我最为坚定的支持与最为客观的定位，这给了我难以想象的力量，帮助我不断成长、不断前行。每当我在午夜依然敲击着屏幕键盘时，母亲总是不顾工作一天的疲惫陪伴在我身边；每当我连续写作一段时间后，父亲总会舍弃休息的时间，将这些文字精心整理、编辑并装订成册；这些无私的爱不仅是我写作的动力，更是如今这本书中所记录的每一颗"露珠"的灵魂。

　　慢慢地、慢慢地，成长的路上不再只有艰辛。从新浪网到《篮球》再到《中国财经报》，直至本书得以付梓刊行，我的文字得到了越来越多的认可。这让我不胜荣幸，同时也找到了最好的回报父母的方式。

　　本书是我近年来对若干经济、文化现象的一些思考和认识，

作为时评文章绝大部分都公开发表过。书中所提出的各种看法，均仅为我的个人观点，不妥之处，敬请读者批评指正。

特别感谢张海迪、钱文忠、王家新诸位老师的指导和勉励，于丹老师在百忙中为本书撰写了序言，给了我极大的鼓励。中国青年出版社王钦仁主任为本书的出版也倾注了大量心血，在此我由衷地表示最诚挚的谢意！同时，对我的启蒙老师曾智安老师、胡正伟老师、陈玫老师所付出的辛勤努力和无私的奉献，《中国财经报》的领导和编辑们给予的鼓励和支持，还有很多亲朋好友无微不至的关怀、鼓励和帮助表示衷心的感谢！

《青春是一场思想的远行》还只是一滴滴零星掉落在这辽阔大地上的露珠，但我希望它们终有一天能汇聚成浩瀚无边的大海……

作者

2014 年 3 月

（京）新登字 083 号

图书在版编目（CIP）数据

青春是一场思想的远行：文化与经济现象微思考 / 赵宇辉著 .
—北京：中国青年出版社，2014.4
ISBN 978-7-5153-2300-8

Ⅰ . ①青… Ⅱ . ①赵… Ⅲ . ①评论性新闻—作品集—中国—当
代 Ⅳ . ① I253

中国版本图书馆 CIP 数据核字（2014）第 057161 号

责任编辑：王钦仁
装帧设计：瞿中华

出版发行：中国青年出版社
社址：北京东四 12 条 21 号
邮政编码：100708
网址：www.cyp.com.cn
编辑部电话：（010）57350507
门市部电话：（010）57350370
印刷：北京科信印刷有限公司
经销：新华书店

开本：710×1000　1/16
印张：20.5
字数：196 千字
印数：1-10000 册
版次：2014 年 5 月北京第 1 版
印次：2014 年 5 月北京第 1 次印刷
定价：48.00 元

本图书如有印装质量问题，请凭购书发票与质检部联系调换
联系电话：（010）57350337